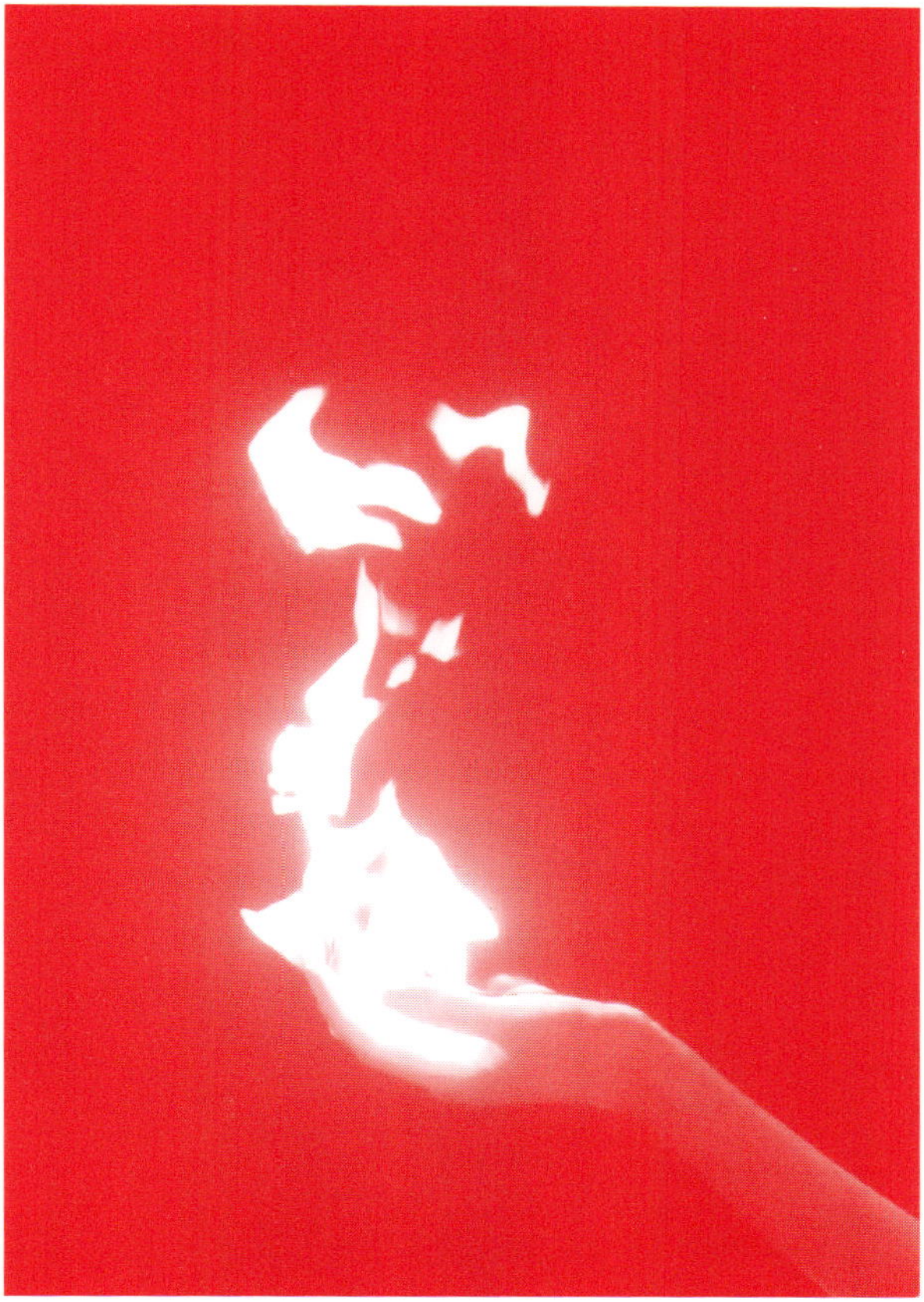

TRINITY TRINITY

トリニティ、トリニティ、トリニティ

さいきん、外が明るくとも、これが朝なのか、夕なのか、太陽が、昇ろうとしているのか、それとも、沈もうとしているのかわからない。瞼をおしあげてみると、空はあたり一面、いまにも燃えあがりそうな色に染まっている。

何度か瞬きを繰り返す。

枕元へ目をやると、時計が見えた。

5:23

数字がくっきりと表示されている。

時計は安っぽいプラスティック製。だが、その下に敷いてあるクロッシェレースのドイリーは悪くない。

パイナップル編みのモチーフ。

その編み目をなぞろうと、手を持ちあげようとする。

鉛のように重い。

いや、手だけではない、身体全体が鉛に塗りこめられたかのようだ。

鉛。

比喩ではない。実際、鉛に塗りこめられる感触を知っているような気がした。

とにかくあのレースへ触れればもっと何か思い出せそうな気持ちがする。手に力をこめる。指先がリモコン状の物体にぶつかった。それを掴むと、太いコードがだらりと垂れた。

これはいったいどこへ繋がっているのだろう。

中央にはオレンジ色の突起物がある。何かのスイッチだろうか。

わたしはゆっくりと手をかける。

力いっぱい押す。

軋むような音が鳴り響き、振動が襲いかかる。

地面が動き出す。唸るような振動音。

わたしは目を見開き、声にならない叫びをあげた。

しかし振動しているのは地面ではなかった。

ベッドだ。背の部分と足の部分が同時に持ち上がろうとしている。

慌ててスイッチを投げ捨てる。音は静まり返り、振動も静止した。

あたりを見まわす。

窓の向こうには空しか見えない。

ここは、どこだ。わたしは、だれだ。

わたしは、それを忘れてしまったようだった。

随分長いこと眠っていたような気がする。

目覚めたのは、もうずっと前のことのようにも感じられた。

ベッドサイドに置かれた丸テーブルの上では、箱から飛び出した白いティッシュペーパーが冷房の風で揺れている。

フローリングの床はやたらと白っぽい。壁も白くて広々していて、全部がハリボテみたいだ。

わたしは壁に絵を探す。

セザンヌはどこだ。

モーリス・ド・ヴラマンクは？

そうだ、フィンセント・ファン・ゴッホの「日が昇る農場」があるはずだ。

黄金色の太陽。青い山の谷間。太陽の光で黄金色に染まる畑。山の裾野に建つ小屋の赤い屋根の色、その隣に立ち並ぶ三本の杉の木。油絵の具のもりあがり。細い筆の細かいタッチ。

わたしは、その絵を隅々まで思い出すことができる。

それが掲げられた部屋。ソファに置かれたクッションの柄からマントルピースの上に並べられた置物の形まで、ひとつ残らずはっきりと思い出すことができる。

ニューヨーク、マンハッタンのリバーサイドドライブ。ロバート・オッペンハイマーの家。

わたしは何度も瞬きをして壁を見る。

しかし、ここにあるのは、エンボス加工されたクロスの壁紙だけだった。

漆喰でさえない。

どうにか身体を捻り、足を床へ下ろす。

裸足のつま先が、つるりとしたフローリングの床に触れた。

わたしはわたしの身体を見下ろし、ぎょっとする。

足の爪が黄色くなってヒビ割れ粉を吹いている。

それどころか、このみすぼらしい格好は、いったい何だ。

水色のスウェット地のパジャマの上下。ところどころ、毛玉までできている。ズボンの足首には、ゴムまではいっているではないか。もっと上品なネグリジェを着ていたはずだった。しかしそれがくるみボタンがついたものだったか、はたまたサテンのリボンがついたものだったのか、なにひとつ正確には思い出せないのだった。

冷房から流れ落ちる冷たい空気がわたしの足元に沈殿してゆく。

視界の隅に、猫脚のマホガニーのチェストが映る。その上には、黒の円柱形の物体がある。目を凝らしてみれば、モノリスのようでもあり、何か別の物体のようでもあった。ただ、その下に敷かれた方眼編みのレースはとてもシックだ。

近づいてみることにする。

両足に力をこめる。床を踏みしめ、ベッドの縁から腰を浮かせる。立ち上がる。

重力が身体全体にのしかかってくる。

一歩を踏みだす。

蹌踉《よろ》めきながら、なんとかバランスを取ろうとする。

一歩、また一歩。両手を広げる。

あと少しで手が届きそうだった。

その瞬間、足が縺れ、手が宙を掻く。

落下していた。

わたしは床へ向かって落下していた。

後頭部に切れるような痛みが走る。

やたらと白っぽい天井がゆっくり動いて見えた。

呻き声だけが口から出る。

わたしは横たわっていた。

生温かい感触があり頭に手をやると、指先にねっとりとした真っ赤なものが絡まりついた。わたしはひっと声をあげそうになる。血。血だ。

慌ててそれをズボンの股の部分で擦り取る。

そうしてのたうち回るうち、ふと目の前にある黒い物体に気がつく。

黒光りする平面に触れると、ぱっと光が灯る。液晶画面だ。

画面の中央に現れた三角形をタップする。

音楽が流れ出す。

耳を劈《つんざ》くような爆音。

「サンライズ・セレナーデ」。

グレン・ミラー・オーケストラの楽曲だ。

トランペット、トロンボーン、ピアノ。ビッグバンドのリズム。

わたしはそのメロディーを一緒になって口ずさむ。

この曲はレコードのA面。裏返したB面は「ムーンライト・セレナーデ」。

喫茶店やスーパーマーケットのBGMにまで流れるような、あの曲だ。

けれど、その有名な曲の方のリズムは、ちっとも思い出せない。

音がクレッシェンドしてゆく。

そう、あの時、「スカイパイロット」のラジオ番組が終わり、この曲がはじまったのだ。

カウントダウンが始まる。
10、9、8、7、6……
そこまで数え、頭を持ち上げると、額に生ぬるいものが伝わって滴り落ちた。スウェット地のパジャマの胸元に赤い染みがつく。

血。血だ。わたしは、わけがわからないまま、半身を起こし、額を拭う。しかし、拭っても拭っても、血が落ちてくる。わたしは必死で血を拭き取ろうと手を擦る。フローリングの床の上にまで血痕がのびて広がった。そうしながら、ゆっくりと顔を持ちあげる。

部屋の扉が開く。

ひとりの少女が立っていた。

年は十三、四歳くらいだろうか。片手に黒光りする物体を握りしめている。黒く深い色の瞳に、長い睫毛。前髪も後ろ髪も短く切り過ぎで、あちこちが跳ねている。

少女は瞳を大きく見開く。

おばあちゃん、大丈夫?!

少女はそう叫びながら、わたしの方へ駆け寄ってくる。

部屋着と思しき、だぼついた黒いTシャツの胸元はまだ膨らみきっていなくて、「Death Be Not Proud」と白い文字が大きく書かれている。しゃがむとズボンを穿いていない太ももが剝き出しになった。

わたしは驚いて、横たわったまま後退《あとずさ》りした。

ただ、見れば少女の腹にはレース編みの腹巻きが巻かれていて、ピコット編みが施されたなかなか悪くないデザインだ。

少女は扉の方を振り返ると薄い唇を開き、大きく叫んだ。

はやくきて！

ママたち！

せっかくの音楽が台無しになるような大きな声だ。

少女はそれから素早くわたしの手の中の物体を操作した。

突然途切れる。

音楽が。

メロディーがちょうどサビへさしかかったところだったのに。

あとほんのすこしで、曲だけじゃない、何もかもが、はじまる、ところだったのに。

少女の手の中で光が消える。闇があらわれる。

わたしはその闇を覗きこむ。

少女がわたしを見つめている。

おばあちゃん、もうすぐママたちがくるから、大丈夫だよ。

少女の背後にある窓の向こうでは、いままさに、太陽が昇ろうとしているようにも、沈もうとしているようにも見えた。

ところで、さっきから、おばあちゃん、おばあちゃんと、いうけれど、おばあちゃんとは、いったいだれだ。

わたしは、わたしの向こうにだれかいるのかと、後ろを振り返る。

おばあちゃん？

しかし、わたしの後ろには、だれもおらず、つまるところ、わたしが、おばあちゃん、と呼びかけられているらしい。

おばあちゃん！

わたしは、少女をまっすぐ、見つめた。

この子が、わたしの子、いや、孫だというのか。

少女はわたしのとはまた別の黒光りする物体を指先で触っている。

液晶画面が光り、仄かに少女の顔を照らし出す。

そこに貼られたステッカーにも「Death Be Not Proud」という文字がある。

わたしは、その詩を、はっきりと知っていた。暗唱することさえできる。

　Batter my heart, three-person'd God; for, you
　私の心を叩き割って下さい、三位一体の神よ。
As yet but knock, breathe, shine, and seek to mend;
これまで、軽く打ち、息をかけ、照らして、私を直そうとされたが、

That I may rise, and stand, o'erthrow me, and bend
今度は、起き上がり立っていられるように、私を倒して、
Your force, to break, blow, burn and make me new.

力一杯、壊し、吹き飛ばし、焼いて、造りかえて下さい。

少女は、黒光りする物体を、耳へ押し当てる。

もしもし。

少女の耳元で、しかしそれは黒光りする石のようにも見える。

はい。

頭をぶつけて出血しています。

はい。

意識はあります。

わたしは、目を細めてみる。

ところで、この子は一体だれだ？

わたしが、この子のおばあちゃんだとすれば、その父か母かのどちらかを、わたしが産んだということになる。

わたしは、それを思い出そうとするが、何ひとつ思い出せない。

話を終えた少女は、わたしのズボンの腰を摑み、わたしを抱き起こそうとする。

立ち上がろうと膝をつくと、パジャマの股の部分にべたりと血がついているのが見えた。

月経かもしれない。

下腹が鈍く重い感覚だけを思い出す。

少女に縋るようにして立ち上がる。

レース編みの腹巻きに手が触れる。
1、2、3、4、5　　1、2、3、4、5
わたしは頭の中で、かぎ針を動かす。

白いレース糸の球体状の塊は膝の上で回転する。
1、2、3、4、5　　1、2、3、4、5
一本の糸は、編み目になり、編み目が模様をかたちづくってゆく。

そうだ、わたしはレースを編もうとしていたんだ。
1、2、3、4、5　　1、2、3、4、5
けれどこの模様は、いったいどこから、間違ってしまっていたのかしら。

重い足を引き摺るように動かす。

あたりがすっかり暗くなってきた。

電気をつけなくちゃ。

わたしは両方の手を伸ばして紐をつかもうとする。

けれどこの部屋の電灯には、そもそも紐なんて、ついていなくて、
ヘイ！

わたしは、なぜか、あの円柱形の物体に呼びかけようとして、闇に呑まれるようにして倒れ込む。

暗闇。


部屋の扉が開いては閉まる音が聞こえる。

大きな足音が続いて聞こえた。

ひそひそと話す女たちの声。

ひとりの女がわたしの耳元で大きな声を出す。

お母さん、大丈夫?!

お母さん、というからには、これがわたしの娘の声なのか。

お母さん!

もういちど別の女が声を震わせて、わたしをお母さんと呼ぶ。

病院へ行かないで、なんとかならないかな。

わたしには娘がふたりも、いるのだろうか。

はじめの女が、ふんと鼻を鳴らした。

なんとかならないでしょ。

お母さんっていっつも間が悪いのよ。ていうかわざわざ、このオリンピックの開会式の日のタイミングで転ぶかな。

女たちはわたしのまわりを慌ただしく駆けまわっている。

ていうか、聖火リレーの通行止め、何時からはじまるんだったっけ。まあ、救急車なら関係ないか。

足音が、遠ざかってゆく。

部屋がふたたび静まり返った。


わたしの耳元で少女の声が囁く。

きこえる?

わたしは、ゆっくりと目を開けようとする。

これが朝なのか、夕なのか、太陽が、昇ろうとしているのか、それとも、沈もうとしているのかわからない。

日出

カールスバート周辺の地質学を研究し始めてからもう何年にもなります。医者たちが、読んでも書いてもいけない、しまいには考えてもいけないと言うからです。そうなると、自然を静かに眺めることだけが楽しい憩いになります。当地でわれわれの注意を引くのは、とりわけ岩山と岩石です。太古のもの、中古のもの、最近のもの、先史時代の深みに包み込まれているもの、それから日常起こることと正反対の産物、これらのものにより常に結果から原因へ、原因から高次のものへと導かれます。

一八二〇年五月二十三日、カール・フランツ・フォン・シュライバース宛　ゲーテ

8:00

透明な液体がゆっくりと球体を形成し、それが重力により落下してゆく。母はその左腕に繋がるチューブの先にある点滴を見あげ、数を数えている。

1、2、3、4、5

唇だけが微かに動き、時折思い出したように瞬きをする。長い睫毛が揺れる。

薄暗い病室は六人部屋で、母のベッドは一番奥の窓際だった。頭に包帯を巻かれネットを被され、水色のスウェット地のパジャマのかわりに病院から貸し出されたピンクのネルを着て、白いベッドの上に横たわっている。

私は震えながら変わり果てた母の姿を見つめる。

こんなことになってしまうなんて。

毎日のデイサービスとリハビリ通院。浄水器だって最新のものに替えたのに。実際、介護福祉士が驚くほど母の足は良くなっていて、介助があればトイレだってできるようになったし、杖だけで部屋から部屋へ歩けるようになっていたのに。

これが、この全てが、何かの間違いだと思いたかった。

当の母はまるで全てが他人事みたいで、私を見ようとさえしない。

1、2、3、4、5

1、2、3、4、5

母は未だ数を数え続けている。

私が思い出すのは、濃いグリーンのベルベットのひとりがけのソファに腰掛ける母。若く美しい母。

ふんわりとしたサテンのスカート。そこから投げ出されるようにして覗く長く美しい白い足。手には金色のかぎ針を握りしめ、白いレースを編んでいる。

刷毛目のついた漆喰の壁には、金色に光り輝く太陽と畑の絵が掛けられている。それは名画カレンダーを切り取り額縁にいれただけの複製品だったけれど、それでもあの家の中では、充分に立派な絵に見えた。

真鍮のドアノブ、オーク材の床、ステンドグラスの嵌った食器棚。すべてはこだわりが強い母が選びぬいたものだった。東京郊外に建てられたあの家は、ちょうどその年に開催されていた1964東京オリンピックのように、母そのもののように、眩く華やかに見えた。

まあ金までオリンピックなみに随分かかったけれどね。

そんな冗談が父の口からは幾度も出た。

妹だけは、こんなドアノブにまでレースなんかかけちゃってるようなダサい家、格好悪くて恥ずかしいと、近所の友だちさえ家にあげようとはしなかったけれど。

母の手の中で金色のかぎ針がゆっくりと動く。
1、2、3、4、5
かぎ針を動かしながら、母はゆっくりとその唇を動かす。

唇にはきれいに赤い紅が塗られている。

白いレース糸が手繰り寄せられてゆく。

一本の糸が、編まれ複雑に繋がりあってたちまちあざやかな模様になってゆく。それは、魔法みたいだった。

時折、母は思い出したように瞬きをする。

長い睫毛が揺れる。

黒い瞳がこちらを見つめる。

私はその姿に、息を呑む。

けれど、あの家も、もう存在しないのだから。

母の血管が浮き出た腕に刺された点滴のチューブには、濁った赤黒い血液が逆流していた。


ベッドの正面に吊るされたテレビモニタには音もなく、聖火リレーが映し出されている。この春からずっと続く聖火リレーだったが、いよいよ東京オリンピック２０２０開会式へ向けて、盛り上がりをみせている。連日、四十度近い暑さだったが、なんとかひと目でもそれを観ようと、沿道に大勢の人が押しかけている様子がテレビに映し出されていた。沿道の人たちはスマートフォンのカメラを翳《かざ》したり、小さな日の丸国旗を振っていて、そこには熱中症の警告と水分補給を促すテロップが被せられている。水色と白の市松模様を全面にあしらったポロシャツを着たボランティアたちの姿も見えた。テロ警戒のためか警備の人数が異様に多い。

通りの真ん中では、女が電動車椅子を走らせていた。何台ものパトカーや白バイがその後ろに続く。

私は目を見開いて、それを見た。

電動車椅子を走らせる女の額からは汗がひっきりなしに流れ続けていたが、その表情は自信と喜びに満ちていた。

そうだ、努力は、こうして報われるべきものなのだ。

トーチは電動車椅子の背の部分にくくりつけられ、朝の陽の光の中でさえなおまばゆく光り輝き、白い煙がたなびいている。

大丈夫。

私は炎を食い入るように見つめながら、乾ききった口の中で呟いた。

大丈夫。

私は、私たちは、努力したのだから。

ただ、母がちょっとした怪我をした、それだけのことなのだから。

もう何日間もまともに眠っていないせいか、動悸が止まらなかった。

病室の中は静まり返っていた。隣のベッドも向かいのベッドもぴたりとクリーム色のカーテンが閉められている。まるでここにとり残されているのは私たちだけのようだった。しかし恐らくカーテンの向こうでは、みんなテレビで聖火リレーを観ているのだろう。同じ色の光がカーテンの薄い布を照らすようにして広がった。

私の隣ではパイプ椅子に腰掛けた娘が、口を半分開けたままの格好で、テレビを見あげている。

十三歳になる娘は、ぴたりとした黒いTシャツに黒いジーンズ、お洒落のつもりなのか何なのか、かつて母が編んだ白いレース編みのベストを羽織っている。

両耳には、ワイヤレスのイヤフォンが突っ込まれ、微かにドラムのリズムが漏れ聞こえている。目に見えないコードが繋がっているかのようだった。「死よ驕るなかれ Death Be Not Proud」。娘が夢中になっているバンドの音楽だろう。娘の手に握られたスマートフォンのケースにも「Death Be Not Proud」という黒々と光るステッカーが貼られている。

娘はゆっくりと瞬きをする。

長い睫毛。黒い瞳。少し上向きの鼻なんかは、私とまるきりそっくりで、私自身を見ているみたいだ。

それにしても、髪は短く切りすぎだし、それをヘアワックスか何かでわざわざ跳ねたみたいな格好で逆立てている。もう少し髪をちゃんと伸ばしてホットカーラーでもあてれば、ちょっとは女の子っぽく可愛く見えて、多少はモテるだろうに。あんなおどろおどろしい黒いTシャツなんかを着て、化粧もしないのだから。娘はそんなことに全く興味がないといった様子に見える。まあ余計な心配をせずにすむのはありがたいのかもしれないけれど。

テレビの中では未だ女が電動車椅子を走らせ続け、聖火は順調に運ばれていた。

あと数時間もすれば、聖火がこの街へもやってくる。

娘は妹と一緒に、それを観にゆくはずだった。

昨晩だって、冷凍庫でポカリスエットを凍らせ、準備に余念がなかったのに。

私は平静を装おうと、娘に声を掛ける。

きょう残念だったね。

娘はテレビ画面から少しも目を離さないまま、あっさり言う。

ああ、べつに。

またいつか、次のオリンピック、見ればいいし。

そうだよね、と私は答える。

そうしながら、ベッドの上に横たわる母を見た。

またいつか。そんなもの、いったいいつになるというのだ。

２０４４年？　それとも２０７６年？

そう考えたところで、入院用の荷物を取りに帰っていた妹が戻ってきた。

長い髪を後ろにひとつにひっつめ白いスニーカーを履いている。肩には入院用の荷物を詰め込んだ母の花柄のバッグを掛け、手には凍らせたポカリスエットを握りしめている。

結露した水滴が、ゆっくりと球体を形成し、床へ向かって落下した。

やっと死んでくれるかと思ったのに。

ベッドを覗き込み、妹はふんと鼻を鳴らす。

私はそれを聞いてびくりとする。

娘がイヤフォンを外しながら呟いた。

てか、声でかいから。

妹はベッドの脇の丸椅子に勢いよく腰掛けた。ジーンズのウエストに乗った腹の肉が、ジャージー素材のシャツの下で盛りあがって見えた。

あーあ、今頃、このテレビの向こう側にいるはずだったのに。

テレビの方へちらりと目をやる。

改正五輪特別措置法により「海の日」と「体育の日」が移され、突如出現したこの四連休。ウェブの制作会社で働いている妹が、滅多に取れない休みを、ようやく取った矢先のことであった。

まだ半分凍っているペットボトルの中で氷がごとりと動いて音をたてた。

私は湧きあがる不安を打ち消すようにして、なるだけ明るい声で妹と娘に告げる。

じゃ、ちょっと、仕事に行ってくるね。

妹は娘と一緒になってテレビを見あげたまま、ただ右手を挙げてみせた。

胸が苦しい。

何度も振り返ってベッドに横たわる母を見る。

やはり母は私のことを見ようとさえしなかった。

こんな日に限って、仕事へ行かなくてはならないなんて。通常は九時五時で、土日祝日休みの勤務だというのに。オリンピック開催までに独自の健康支援キャンペーンと称した浄水器の新規設置半額カートリッジ取替20％オフをやったところ、思いの外大きな反響があったらしい。そもそも小さな会社なうえに、キャンペーンを担当していた三人のうちひとりが今月頭から、もうひとりが先週から産休に入ってしまったため、私まで駆り出されることになったのだった。

廊下へ出たところで、もう一度母の方を振り返ったが、手前のカーテンに遮られ、もう母の姿は見えなかった。

私は黒い合皮のショルダーバッグを肩に掛け、エレベーターホールへ向かう。ちょうどナースステーションの手前にさしかかったところで、老人が点滴をぶら下げたスタンドを押しながらこちらへ歩いてくるのが見えた。私は息を呑んで後退る。それをやり過ごそうと、すぐ脇にある化粧室へ飛び込んだ。衝立の奥へ足を踏み入れた途端、ＬＥＤライトが点灯する。目に見えないスイッチが押されたかのようだった。あたりは消毒液の匂いがした。

胸騒ぎがした。

老人を見かけたせいだ。

けれど、あれは、ただ糖尿病だとか、心臓病だとか、そんな病気で入院している老人だろう。

何もかも考えすぎなのだ。

眠っていないせいで、疲れているだけだ。

私は大きく深く息を吸い込んだ。

鏡の前に立つ。

目の下には黒々とした隈がくっきりと見えた。バッグの中からオーガニックの日焼け止めクリームを取り出しそれを顔に塗る。隈と頬の染みの部分には、それを隠すように念入りに塗り込んだ。

化粧室を出ると、もう老人の姿は見えなかった。私はあたりを入念に見回し確認してから小走りでエレベーターへ乗り込んだ。

一階の外来の待合室の黄色いビニールソファには、老人とおぼしき人たちが三人腰掛けていた。

ひとりは年齢不詳だったが頭が禿げかかり、ふたりは白髪交じりで背も曲がりかけている。三人はそれぞれ離れた場所からちらちら互いを見やり、その手に何か握られていないか何度も確認しているようだった。

私はその後ろを足早に通り過ぎる。

会計へ向かう何人かの中年の男女とすれ違う。

正面の巨大なテレビモニタの中では、相変わらず女が聖火をくくりつけた電動車椅子を走らせていた。

そうしてまっすぐエントランスを出ようとしたときのことだった。

警告音が大きく鳴り響く。

私はその音に息が止まりそうになる。

心臓が締めつけられる。

後ろを振り返る。

会計カウンターの中で、茶色のチェックのシャツを着て眼鏡を掛けた男が、右往左往していた。

その片手には一万円札が、もう片方の手には、ガイガーカウンターが握られていた。

そのガイガーカウンターが巨大な警告音を発していた。

あたりが小さくざわめく。みんなが一斉に、そちらを振り返る。

9:00

病院のエントランスの自動扉が開くと、蟬の鳴き声が一斉に響いた。背後で鳴るガイガーカウンターの警告音はたちまちかき消されてゆく。同時に噎せ返るほどの湿気を帯びた熱い外気に包まれる。

車寄せの右奥には中庭があり、芝生の上には光と影がくっきりとした境目をつけていた。陽の光の中にはシュロとツツジが、暗い影の中には岩と白い衣に青い布を纏った聖母マリア像が据えられている。その岩の前では、この暑さの中で、車椅子に乗った男とそれを押す女が懸命に十字を切っていた。

ルルドのマリアだ。

私は日向へ出る前に、銀色のサーモス水筒の浄水を口の中へ流し込んでから、黒い長手袋を肘まで引きあげた。

父の母は、長崎生まれの熱心なキリスト教徒だった。十六歳で東京へ出てきて以来、方言も過去の話も決して喋ろうとはしなかったが、信心だけは深かった。

フランス、ルルドの小さな町。

そこに、ひとりの貧しい少女が暮らしておりました。

祖母は、ことあるごとに私たちの家へ押しかけてきてはラッキー・ストライクの両切り煙草をふかし、大真面目な顔で奇跡の話をした。

少女の名前はベルナデッタ。十四歳。

ある日、ベルナデッタのもとに、聖母マリアが現れます。

聖母マリアは、洞窟の岩の下の地面を指して言われました。

ここを掘りなさい。

少女は言われた通り、その土を手で掘りました。

するとどうでしょう。そこからは、泉が湧き出たのです。

その泉は、奇跡の泉になりました。

その泉の水を飲めば、目が見えなかった男の目は見えるようになりました。

その泉に浸かれば、歩けなかった人は歩けるようになりました。

祖母は黄色い前歯の隙間から煙草の煙を吐き出した。

いま、私はその話を思い返しながら、ベッドに横たわる母を想った。

その奇跡が本当だったらどれほどいいだろう。

祖母はいつでも絶対的な調子で言った。

その泉へ行ければ、これだってみんな治るんだ。

曲がった足を指差し、こうつけ加える。

けれど、そこへ行くためには、なにしろ金がいる。

話によれば、いまなお奇跡の泉は湧き続け、いまなおたくさんの信者たちがその地を訪れているということだった。大人になってから、ネットでその写真を見たが、実際、洞窟の壁一面には何百もの松葉杖や義足が掛けられていた。奇跡の泉のおかげで歩けるようになった人たちが、残してゆくのだという。それはあたかも、この目に見える奇跡そのもののようだった。

父はそんな奇跡もキリスト教さえも信じていなかったが、決まって祖母には金が入った茶色い封筒を手渡した。

とはいえ、父は必ずその封筒にふっと息を吹きかけ、祖母を本気で憤慨させた。息が吹きかけられた封筒はたちまちその手の中から消え失せる。得意のマジックだった。

もういちど父が別の場所で、宙に息をふっと吹きかける。するとお金の詰まった封筒は、ハンガーにかかったコートのポケットの中から、テーブルの上のティーカップの中から、現れた。ときには、その封筒を指先で燃やしてみせたことまであった。

そんなことばっかりしてると、いまに罰があたるだろうよ。

祖母は何度も封筒の中身を確かめてから、帰っていった。

しかしその後も、祖母がルルドへ行ったなどという話は死ぬまで聞かなかった。ただ金が欲しかっただけなのか、それとも奇跡を手に入れるためにはまだ金が足りなかっただけなのか。ルルドへ行けばあの足も治っただろうか。

父と、子と、聖霊の御名によって、アーメン。

いま、車椅子に乗った男とそれを押す女は、胸の前で十字を切り、じりじりと照りつける太陽の光の中で、目を閉じたまま長いこと祈っていた。男の頬は痩《こ》けているから、もう長くないのかもしれない。
　それにしてもこんな暑さの中で、熱中症にでもなったら余計に寿命が縮むだろうに。私はサングラスを掛け、銀色の日傘を開いてから歩き出す。

駅の近くへさしかかると、ロータリーの中央に櫓《やぐら》が建てられているのが見えた。強い太陽の光のせいか、櫓の周りを囲むように吊るされた蛍光ピンクの提灯がやたらと派手に見えた。
　アスファルトの地面からは熱気が立ち昇っていて、午後にはもっと暑くなるだろう。学校はすでに夏休みだったが、娘の通う中学の吹奏楽部が十三時からここで、「東京五輪音頭－２０２０－」の演奏をすることになっていた。娘の友人たちも何人か出演することになっている。無論、熱中症の危険を巡って保護者会は大揉めだったが、聖火リレーが近くを通過するということもあり、それにあわせてやる演奏なんて一生に一度きりの機会だ、ということで、テントを設置し日陰で演奏するということで決行が決まったのだった。

　四年たったら　また会いましょと
　かたい約束　夢じゃない
　ヨイショコリャ　夢じゃない
　オリンピックの　顔と顔
　ソレトトントト　トトント　顔と顔

た。

「東京五輪音頭－２０２０－」の歌詞が駅ビル壁面の液晶パネルに大きく映し出されてい

　私はその櫓を見あげ、手で宙に小さく2、0、2、0、と描くダンスをやってみたところで、腰に痺れるような鈍痛を感じ、駅の構内にあるトイレへ駆け込んだ。

　駅はトイレまでしっかり冷房が効いていたが、汗が溢れるように出続けた。汗で腕に張りついた黒い手袋をつけたまま臍まであるベージュの補正下着を下ろし、便座に腰掛ける。股の部分に黒ずんだ血がべっとりとついていた。指折り数えてみれば、私の生理は一日たりとも狂いのない周期でやってきたのであった。

　私はその血を見下ろしながら、息が苦しくなる。

　流れ出る血は、私が努力を怠った結果そのもののように見えてぞっとした。

　子宮と卵巣が二十八日、六七二時間の時を費やし入念に準備したものが全て無駄になったのだ。

　私が性交し、妊娠し、出産すれば、生まれたかもしれない命だったのに。

　絶望的な気分になったところで、ズボンのポケットの中のスマートフォンが振動した。

　私は下半身剝き出しのまま中腰になってスマートフォンを取り出し、自分の顔に翳す。目に見えない力で鍵が開かれたように顔認証ロックは解除され、画面が立ちあらわれる。

　トリニティに新規メッセージがあります。

　通知がポップアップされる。

　私はそのポップアップを、縋るような気持ちでタップした。

リンク先のウェブサイトが表示される。

自動ログインが繰り返され、画面には、黄金色に輝く逆三角形が表示されてゆく。

トリニティ。

サイバーセックスサイトである。

サイトの説明によれば、サイバーセックスというのは肉体を伴わず、コンピューターネットワーク上でセックスめいた官能的なやりとりをするという現代的なサービスらしい。

一般的には、チャットに加え、写真や動画、音声通話などが使われたり、仮想空間でアバターが用いられたり、出会い系サイトと一体化したものもあるらしい。わけてもトリニティというサイトは、視覚にも聴覚にも頼らず、テキストチャットのみに特化した、クラシカルで新しいサービスということだった。

キャッチコピーは、本当に大切なものは目に見えないんだよ。運命のパートナーと真実の出会いが、ここに。

メッセージボックスを開くと、メッセージが届いていた。

ケルベロスからだった。

私の心は微かに震えながら高揚する。

メッセージをタップする。

＞いま聖火リレー観てる
＞トーチのかわりに、きみにあそこを握って欲しい
＞もう固くなってきているんだ

このサイトはその謳い文句どおりテキストに特化しているので、名前の横にもアイコンさえついていない。
ケルベロスというのは、ギリシア神話に出てくる三つの頭を持つ、地獄だかどこかの番犬の名前らしい。その意味は底なしの穴の霊。なんだかおどろおどろしいが、私は猫より犬派だったし、サイバーセックスサイトに登録して、ちゃんとやりとりが続けられたのは、このケルベロスがはじめてだった。
私は暫く考えてからテキストを打ち込む。
＜あなたのトーチを歓迎するよ
＜いま、ちょうどパンツをおろしていたところなの
けれど嘘ではない、と思う。
実際、私は確かに便座に座りパンツを下ろした格好なのだから。
続けてテキストを打つ。
＜深く奥まで挿し入れて
送信。
送信ボタンを押すと、シュウと何かが飛んでゆくような音だけが出た。
ケルベロスがテキストを入力している……のマークが繰り返される。
＞きみのパンツをおろしたかったな
＞でも、いま、きみを後ろから激しく突くところを想像しながら触ってる
私も興奮してきて、テキストを打ち返す。

<わたしもいまあそこを触りながら指をいれてる
<ああ
<声が出てしまいそう

果たして、こんなやりとりが、所謂サイバーセックスと呼ばれるものなのかどうかもわからない。けれどそもそも、セックスとてひとそれぞれやり方があるわけなのだから、それがテキストになっても同じことだろう。いずれにしても、こんなやりとりを続けたまま、二週間が経過しており、最長記録だ。ひょっとしたら運命のパートナーなのかもしれないという淡い希望が頭を掠める。

>すごく固くなってきたよ
>もう我慢できない
<すごく濡れてる
<わたしももう我慢できない

そろそろ実際会おうと持ちかければよいのかもしれない。だが、私はなかなかそれを切り出せないでいる。

というのも、これまでこのサイトでやりとりしていた他の男たちは、すぐに実際会いたがったが、いざそれが現実になりかけた途端、そんなばばあじゃ勃たない、というメッセージを最後に音信不通になることが続いていたから。確かに、馬鹿正直に実年齢を送ったのはマズかったのかもしれない。とはいえ、まさか、自分がばばあ、つまり老人だなどとは考えたこともない。

＞あぁ
＞おおお　うっ
私は熱を帯びた身体で小さく喘ぎながら、呼びかける。
＜あああっ
＜ああ
ケルベロスに向かって、呼びかける。
彼がどんな見た目でも構わない。
デブでもハゲでもじじいだって構わない。
＜いい
＜ああ　すごくいい
＜あああ　いい
私とケルベロスは互いに喘ぎ声のバリエーションを送りあう。最後には、いきそう、いく、いく、というメッセージを送りあった。
私はスマートフォンを片手に握りしめたまま、股から流れ出た血をトイレットペーパーで念入りに拭き、立ち上がる。便器に溜まった水が淡い赤に染まっていた。
私はそれを見ながら、私の日々も、私の人生もまた、ちょうど、ただ生まれて死んで何になることもなく、生理の血に塗れて捨てられる卵子みたいに、虚しく消え、どこまでも落下してゆくように思えた。
必死に抗おうとする。

ただ応えて欲しい。

私を救って欲しい。

自分の腹を見下ろし、縒れた妊娠線を手でなぞる。

けれど私はひとりじゃない。

娘が私を救ってくれるだろう。娘がダメでも、娘がいつか子どもを産み、娘の娘がまた子どもを産み、娘の娘の娘がまた子どもを産むのだから。過去から未来へ向けて連綿と繋がる一本の線を思い浮かべながら、私は娘に、娘の娘に、娘たちに、縋りつくようにして、もういちど勢いよくトイレットペーパーを巻き取った。下着についた血を懸命に拭う。

私はよりによって淡いベージュ色のズボンを穿いてきたことを後悔しながら、ウエストに挟まった白いレーヨンのハーフスリーブブラウスを引っ張り出す。

右手の壁にはオリンピックのマスコットキャラクターが落書きされていた。

トイレを出ると、まっすぐに駅中のコンビニへ向かう。雑誌が並ぶ棚の向かいの一番下に並べられていた生理用ナプキンとタンポンの両方を掴むと、足早にレジの前に並んだ。

私の前に並んでいた中年の男は、ツナおにぎりと特保のお茶のペットボトルを両手で抱えたまま、気まずそうに私から目を逸らした。留学生とおぼしき肌の黒い店員の男は、わざわざ生理用ナプキンとタンポンを茶色の紙袋で包み、さらにそれを厳重にレジ袋に入れ、手渡してくれた。

私はＩＣカードを翳して支払いをする。

電子音と共に目には見えない金が引き落とされる。

５４７円
目の前の液晶画面に表示されている数値だけが変化する。

埼京線は平日のラッシュ時とはうってかわってすいていた。とはいえ、ちらほら立っている人が目につくほどの混み具合ではあったが、私が乗りこんだ車両は、斜め左側の座席だけなぜかきれいに空いていた。そちらを見やると、ひろびろとした席の中央には、身ぎれいな男の老人がひとりぽつりと腰掛けている。白いラルフローレンのポロシャツを着て、ハンチングを被っている。七十歳くらいで、ひょっとすると定年後のゴルフなんかを楽しみそうな風貌だった。

若いスーツ姿の男が額の汗を拭きながらうっかりその老人の隣へ腰掛けようとして、ひっと小さく声をあげ飛び退いた。

老人の右手を見る。

やはり。

そこには黒光りする石が握りしめられていた。

〈不幸の石〉だ！

私は後退る。

背後で扉はぴたりと閉まり、列車がゆっくりと動き始める。

クーラーが寒いくらいに効いていた。けれどこの車内に、逃げ場はない。

私は左右を見回す。鼓動が速くなってくる。

老人はただ、じっと席に腰掛けたまま、虚空を見つめている。

同じ車両に乗り合わせた全員が、その一挙一動を遠巻きに見つめている。緊張で空気が張り詰めているのがはっきりわかった。

電車がカーブを曲がる。窓の向こうには住宅街が広がっているのが見えた。電線が延びていて、それが絡まり合いながら街の向こうまで続いて広がっていた。あまりにものどかな夏の光景だった。

私の目の前で、老人が左手でゆっくりと胸ポケットを弄《まさぐ》り始める。

私の後ろに立っていた女子高生が、ヤバッ、と呟いた。

ポケットの中から、いったい何を取り出すつもりだろう。

ひょっとしたら、放射性物質をこの車内に撒くつもりかもしれない。

息を呑む。身構える。

私の隣では男がスマホを構え赤い録画ボタンを押していた。

ライブ配信でもしているのか、あるいは、もしも何かあったら証拠にでもするつもりかもしれない。

私は頭の中で、放射性物質を撒かれた場合の対処方法を思い出そうとする。ハンカチで口と鼻を押さえる。水で流して除染。だったっけ？　けれど、こんな狭い車内で、線量が高い放射性物質なら、もういまこの瞬間だって被曝していないとも限らない。

老人が遂にポケットから何かを摑み出した。金色のフォイルに包まれた物体。

車内がざわめく。

老人のまわりからさらに大きな半円を描くようにして人が遠ざかる。

赤子をベビービョルンで抱いた女が小さく叫びながら後ろに飛び退いて激突してきたので、私もひっと声をあげた。

老人は片手に黒光りする石を握ったまま金色のフォイルをいじっていた。

私はそれを凝視する。

脇に冷たい汗が滲み出る。

いますぐにでも、この電車から飛び降りたかった。

ガイガーカウンターをここに持っていないことを悔やんだ。

老人が、金色のフォイルを剝く。中からは茶色のどろりとした塊が覗いた。

みんな咄嗟に息を止めた。

老人は少しも迷うことなく、それを口元へ運んだ。

食べた！

残りの塊を一気に口の中へ押し込んでいる。

老人が放射性物質を食べた!!

私はそれを目の当たりにして、戦慄した。

微かに甘い香りが漂った。

よく見れば、金色のフォイルに包まれたそれはただの溶けかけたチョコレートであった。

静まり返る車内に、老人がチョコレートを咀嚼する音だけが響いた。

まじかよ。

スマホを構えていた男が溜息混じりに呟いた。

車内のあちこちで、小さな笑いさえおきた。

私も安堵しながら扉の方を振り返る。

その上に据えられたモニタの中では、赤い画面に白抜きの数字が点滅しながらカウントダウンしていた。
10、9、8、7、6、5、4、3、2、1
いよいよ
東京オリンピック
本日開幕!!!
巨大なくす玉が割れるアニメーション。くす玉の中からは世界の国旗と鳩が飛び出していた。
それから表示される、青と白の市松模様と五輪マーク。
電車がホームへ滑り込む。扉が開くと同時に、私は人を掻き分け流れに逆らうようにして、隣の車両へ移るために電車を降りたのだった。

この街のあちこちで〈不幸の石〉を手に持つ老人を見かけるようになったのは、九年前のことだった。

あれは仄暗い春だった。大きな地震と津波と原子力発電所事故があった年のことで、この街も節電のために電気が消えていて、実際暗かった。

娘はまだ三歳で、私は実家へ戻ったばかりで西へ逃げる金もなかったし、母にとっては家を捨ててどこかへ行くなど論外だった。仕事が突如暇になったとかで妹まで帰ってきて、結局、私たちは、この郊外の街に留まっていた。

曇り空が続き、小雨が降り始めた、まだ肌寒い日のことだった。

ふと窓の外を見ると、母が傘もささずに庭へ出ていた。

無花果の木の脇では、娘が片手に動物ビスケットの袋を握りしめていた。

私は大声をあげて、駆け出す。

全く、何を考えているんだ。

よりによって、雨が降っている中、外へ出るだなんて。

しかも菓子まで勝手に食べさせて。

娘は雨に濡れながら、嬉々として口の中に動物が象られたビスケットを放り込んでいた。放射性物質が降っているというのに。

私が苛立ちながら玄関を飛び出し、庭へ向かおうとしたときのことだった。道の向こうの坂をよろめきながらおりてくるひとりの老人の姿が見えた。

佐々木さんのおじいさんだった。建設業だか何だかの会社の社長をやっていた偉い人で、町内会では会長もやっていた。しかし、いま、佐々木さんのおじいさんは白髪まじりの髪を振り乱し、上半身はランニングだけの格好だった。その手にはところどころが黒光りする石を握りしめ、足を引き摺りながら歩いていた。

あの地震の二週間後、真夜中のトイレで軽い脳出血をやって倒れて以来、すっかり惚けてしまったのだと噂では聞いていた。ただ惚けただけではすまなかったらしい。

佐々木さんのおじいさんの髪は乱れたまま濡れて頬にも額にも張りついていた。目だけが虚ろに光り輝いていた。

私は立ちすくんだまま、それを見た。向こうはこちらへは、目をくれようともしなかった。

石を握っている手には力がこもり過ぎて、指先が白く変色しているのが、遠くからでもはっきりわかった。

佐々木さんのおじいさんは、坂の途中で立ち止まる。それから手に握った石を、力いっぱい打ち付けるようにして耳へ押し当てた。

耳の周りに血が滲んでいた。静かに目を閉じる。血と雨水が混ざりあい、ゆっくり頬を伝い、球体を形成しながら落下する。

母と娘も私のそばへやってきて、それをじっと見た。

道路のずっと向こうには、節電のために前面の液晶が消された自動販売機が、黒光りするモノリスみたいになって屹立していた。

きこえる？

私は囁く声にぎょっとして振り向く。

妹がいつのまにか玄関から出てきて、私の後ろに立っていた。

その頬にも雨粒が伝って落ちた。

認知症の老人たちが次々と〈不幸の石〉を手に徘徊しはじめている。

次第にそんなことが噂されるようになった。

老人たちが手にしていたのは、どこかで拾ったただの石だったが、大概それは黒光りしていて、不気味に見えたので、いつしかそれは、〈不幸の石〉と呼ばれるようになった。

なぜその名で呼ばれたのかは、はっきりしない。

ただ、その石を手にすると不幸がはじまるから、とか、閃ウラン鉱の通称、ピッチブレンド――ドイツ語でピッチは不幸の、黒い、ブレンドは鉱石――からそう呼ばれるようになったのだとか。

実際、〈不幸の石〉にガイガーカウンターを翳すと、その数値が上がるらしい、とか、いや、そもそも御影石や大理石なんかは放射線量が高いのだから、などという議論も繰り広げられた。

確かに、老人たちはひとたび石を手にすると、まるで憑かれたようになった。

正確には、放射能に憑かれたようになった、というのが正しいのかもしれない。

老人たちは、耳に〈不幸の石〉を押し付け、まるでそこから何かの声が聞こえるかのように、耳を澄ました。そうして、繰り返し放射能にまつわる話を口走るのだった。

その話というのは、時に恐ろしいほど理路整然としていることとさえあって、あたかも、失われた記憶のかわりに、放射能の記憶が（そんなものがあればだが）その頭の中に入りこんだみたいになった。尋常小学校さえ卒業していない老人が、突如、$E=mc^2$ の方程式からシュヴァルツシルト解を独自に導いてみせただとか、そんな嘘とも本当ともつかない話が、まことしやかに囁かれた。

しかも、石を手にした老人たちは、まるでその声に惹き寄せられるようにして、放射性物質に向かっていくのだという。

この街でホットスポットを見つけたいなら、ガイガーカウンターなんてものを翳すかわりに、老人が集まるところを探せばいい。そんな冗談が飛び交った。

老人たちは飛んで火にいる夏の虫。

火があれば、飛び込まずには、いられない。

けれど始末が悪いのは、その火の中へ飛び込んだあげく、その火を持ち帰ろうとすること。

その火をこの手にいれようとするのだから。

プロメテウスもびっくりの技。

老人たちは、放射性物質を見つけ出しては、それを手当たり次第、集め、溜め込むらしい。

まったく物騒だったらない。

世田谷の一軒家に住む澤田さんはパーマをあて白髪を薄紫色に染めた髪を撫でつけながら、浄水器のメンテナンスに訪れた私に向かって言った。

この街がパレスチナになったのかとおもいましたよ。

年寄りがみんな石を手に持って歩き回るだなんて。

なんでも、澤田さんによれば、パレスチナというところでは、老人も子どももみんな石を持って歩いていて、その石を戦車に向かって投げるらしい。

私はキッチンの床に這いつくばり浄水器のナットを六角レンチでしめながらそれを聞いた。

澤田さんは私の手元を覗きこむ。

それから神妙な顔で私に尋ねる。

ところで、この浄水器、きちんと除去してくださるんだったわよね。ほら、あれ。放射能。

老人たちが〈不幸の石〉を手に徘徊するのは、あの原子力発電所事故で降った放射性物質のせいだ、という噂が立っていた。

かつて、チェルノブイリだけでなくキエフの街でも、老人が〈不幸の石〉を手に徘徊したという事例が極秘で報告されているらしい。

原爆が投下された後の広島と長崎にも密かに〈不幸の石〉を手にした老人たちがいたという都市伝説もある。

どこだかのウラン鉱脈地域では、老人だけでなく若者までが〈不幸の石〉を手にしているそうだ。

本当とも嘘ともつかない噂が幾つも流れては消えた。

いかにも偽物じみたニュースも、みんな簡単に信じて右往左往した。

とはいえ、青空の下で原子力発電所建屋が爆発で吹き飛んでいて、科学技術を結集した施設の放射能汚染水を堰き止めるために新聞紙が投げ込まれている、という現実の方が、余程信じがたかったけれど。

夏がやってきても、蟬の鳴き声が殆ど聞こえなかった。

放射能のおかげで蟬がみんな死んでしまった。

そんな噂には流石にみんな慄《おのの》いたけれど、たまたまその春の気温が低かったのだったかかったのだかで幼虫が死んでしまったのだと、テレビでやっていた。

スーパーマーケットに並ぶキノコには放射線量検査済みのシールが貼られ、ガイガーカウンターを手にした女たちが子どもの通学路の線量を測って回っていた。

家では娘が派手な色のプラスティック製のおもちゃを耳へ押しあて、老人のふりをする遊びをしていた。

けれど、私が子どもの頃にだって、スプーン曲げだとか、こっくりさんだとか、ＵＦＯを呼ぶみたいなことが流行ったのだから。

娘が私の耳に囁く。

きこえる？

9:30

自動改札にＩＣカードを翳す。電子音と共に目には見えない金が引き落とされる。
残額３４２０円
電車賃が支払われるのと同時に目には見えない力で引っ張られるようにゲートが開く。

改札を抜けて屋外へ出ると、熱く湿った外気が纏わりついてくる。私は両手の黒い手袋をひっぱりあげて、サングラスを掛け、銀色の日傘を開く。鈍く痛む重い腰をもちあげるようにして、会社へ向かって歩き出す。

バスロータリーの正面にある石畳の広場を横切る。真っ赤なサルビアの花が植えられた花壇が幾つも造られていた。数年前まで、そこにはダンボールとブルーシートが組み合わされたホームレスの家が幾つも立ち並んでいたが、いまは跡形もなくなっている。もはやビニール傘やペットボトル、焼酎のガラス瓶なども散乱していない。実に整然としていて、これもオリンピックのおかげかもしれない。そう考えながら広場の中程まで来ると、どうしたわけか、花壇の煉瓦が幾つか壊され欠けていて、地面に土とサルビアの花がぶち撒けられているのに気がついた。赤い花は根が乾いてしまったせいかそれとも寿命だったのか、茶色く枯れかかっている。

萎んで死にかけている花を目にした途端、車内で見た老人を思い出し一気に胸が悪くなった。

金色のフォイルに包まれた茶色い塊。

あの手に握られていた、ところどころ黒光りする石。

早足で石畳の広場を通り抜け、大通りにさしかかる手前でのことだった。足が縺れて躓いた。前につんのめり、身体が地面へ向かって落下してゆく。銀色の日傘が宙を舞う。頭が石畳に叩きつけられ、パンプスが片足脱げて転がった。

呻きながら、睨むようにしてあたりを見まわす。

この石畳が、あちこちに転がる石が、ひとつ残らず〈不幸の石〉に思えて、ぞっとした。這うようにして脱げたパンプスを拾い上げ、投げ出された日傘へ手を伸ばす。そこで、石畳の上に転がっている小さな石が目についた。それは石畳が欠けただけのようにも、たまたま落ちていただけのようにも、だれかがわざと置いたようにも思えた。

いずれにしても、私はその忌々しい石をどこかのゴミ箱へ捨ててやろうと考えた。その石を拾い上げ、バッグの中へ放り込んだ。

ホームレスだけでなく、石畳なんてものも、いや、石なんてものはみんな、オリンピックがさっさとどこかへ片付けてくれればいいのに。

私があの家をみんな片付けたようにして。

あの家を、母の家を売るという話がもちあがったのは、去年の秋のことだった。

庭の無花果の実を採ろうとした母が転倒、足を骨折し、歩けなくなったからである。歩けなくなった母が、いろいろなことを思い出せなくなるのに、時間はかからなかった。ひと月もしないうち、母は家の鍵を三度なくし、レース編みは、編んでも編んでもいつまでたっても完成しなくなった。

とにかく私は母の足を治そうと、母をリハビリへも通わせた。半狂乱になる母を押さえつけ、役所の補助金で階段とトイレの壁に、ぴかぴかしたプラスティック製の手摺さえ打ち付けた。

ただ、妹はきっぱりこう言ったのだった。

どうせ売るなら、オリンピック前の方が高値だろうから。

それから、こうつけ加えた。

タワーマンションなら段差もないから、安心よ。

あの家を更地にして、土地が高値で売れれば、ごく新しくて、広々としたタワーマンションへ引っ越せる。

介護って、金もかかるだろうし、人手もいるだろうし。

それから、妹は切り出した。

私だってこのままひとり暮らしの家賃を払い続けるのも金が勿体無いし、タワーマンションになら一緒に住んでもいい。

頭金の立て替えとローンを組むのは、ひきうけてもいい。

それはなかなか魅力的なアイディアだった。

離婚して娘を連れてあの家に戻ったものの、私には他に行くあても、金もなかったから。

かくして、私と妹は、あの家を売り払うことを決めたのだった。

母はまだ生きていたが、あれほど大切にしていたあの家のことさえ、もはやわからなくなりつつあった。

あの家が建てられてから五十六年、東京にふたたびオリンピックがやってくるその年に壊されることになるだなんて、なんて皮肉だろう。

私たちが引っ越しのためにあの家の片付けと荷造りをはじめたのは、ちょうど聖火リレーがはじまったのとほぼ同じ頃だった。３月26日木曜日、福島県「ナショナルトレーニングセンターＪヴィレッジ」で聖火トーチは物々しく掲げられていた。かつて東京電力福島第一原子力発電所事故の対応拠点だった場所だ。私たちは真新しいダンボール箱を組み立てた。その月の終わりには、家賃が勿体無いからという理由で、早々にひとり暮らしの部屋を引き払った妹が、わずかばかりの荷物と共にこの家へ戻ってきたのだった。

あの日は土曜日で、テレビに映し出されている聖火リレーは岐阜かどこかを走っていた。母を朝からデイサービスへ送り出し、私と娘が一階を、妹が二階の部屋を片付けた。娘はリビングのスピーカーから爆音で「Death Be Not Proud」の音楽を流している。

――お前は、運命や、偶然や、王侯や、絶望した者の奴隷だ

――また、毒薬や、戦争や、病気と住み家を同じくしている

――その上、芥子《けし》や呪文でも

――お前に劣らず、いや、お前の一撃より上手に眠らせてくれるから

――威張ることはない

音楽は女のヴォーカルと打ち込みで、テンポは変調を繰り返している。

娘は黒いジーンズと黒いパーカーに黒いマスク姿で頭を揺らしながら、しばらくはリビングと母のベッドが置かれている部屋を行き来しながら片付けをしていた。

私はリビングの隅に据え付けられたステンドグラスが嵌った食器棚を片付けた。

皿を一枚ずつ取り出す。皿には花の模様や金の縁取りがあしらわれていたが、それが剝げかけているのはアンティークだからなのか、ただ古くなってしまったからなのかさえ、

私にはわからなかった。私はただ無心でそれを半透明のゴミ袋の中へ詰め込んだ。
――短い一眠りが経つと
――我々は永遠に目覚めることになる
――その時には
――死は消滅する
――死よ、お前が死ぬのである
二階の片付けをしていた妹がマスクを顎の下へずりおろしながら、リビングへ入ってくる。
何この音楽？
娘はこの歌詞はバンド名の「死よ驕るなかれ」の由来にもなった中世の詩人、ジョン・ダンの「聖なるソネット、神に捧げる瞑想」の詩をもとにしたもので、と大真面目に解説をしていたが、妹は返事もせずに、私が捨てたゴミ袋の中を漁りはじめた。
これメルカリに出品すれば案外高値で売れるんじゃないの？
妹が金色の縁取りのついた皿をゴミ袋から引き摺りだしたときのことだった。
娘が突然、黙った。
音楽が止む。
私と妹は一緒になって娘の方へ向き直る。
娘はまっすぐテレビを見つめ、リモコンを翳していた。
音量が目に見えない力で上げられてゆく。

ニュース速報です
女のアナウンサーの声が伝えていた。

テレビの画面の中に、聖火リレーはもうなかった。

妹は片手に皿を持った格好のまま唸るような声を漏らした。

何これ。

そこにあったのは、大量の一万円札をばら撒くひとりの老人の姿だった。

花曇りの白い空を札が、金が舞っていた。

妹が小さく呟いた。

億はあるでしょ、これ。

カーキ色のジャンパーを着た男は八十歳くらいだろうか。身体に対しては大きすぎる黒いダッフルバッグを肩から斜めに掛け、その中に詰め込まれている一万円札を摑んでは、それを空へ放り投げているのだった。

背後には時折ピラミッド型の屋根が映りこんでいたので、国会議事堂の前だろう。千鳥ヶ淵の桜でも見に来ていたのだろうか、マスク姿の中年の女たちの一群と、なぜそこにいたのか全く不明な制服姿の中学生男子たちが入り乱れ、あたりは祭りのようになっていた。皆が一心不乱に一万円札に飛びついたり摑みかかったりしていた。一万円札を制服の両ポケットにあらんかぎり詰め込んでいる中学生男子がカメラに向かってピースをしている。

妹が手にしていた皿を、ふたたびゴミ袋の中へ放り込む。

拾いにいくしかないっしょ。

スマートフォンですぐさま乗換案内を検索しはじめている。

いますぐいけば、間に合うかもしれない。

風強いし。どっか探せば、何万円かにはなるかも。

拾ったお金って持ち主がいなければ何ヶ月かすれば貰えるっていうけど、この場合はどうなんだろう。

妹は興奮気味にひとりで喋り続けていた。

ていうかそもそも、じいさん、なんでこんな大金持ってるかな。

まあ年寄りは貯金持ってるとはいうけど。

宝くじ、いや、ああ見えて麻薬取引とかで手に入れた大金かもしれない。

マネーロンダリングかリアルにブレイキング・バッドかも。

ほらでも昔だって竹やぶから一億だか二億円だかが出てきたことがあったじゃない。

それにしても、あのおばさんたち、結構拾ってるよね。

てか、あの中学生なんて、ポケットに何十万詰めてるんだ。

やっぱり今すぐ、拾いに行ったほうがいい。

結局、ここから国会議事堂までは一時間以上かかるので、どのみち着いた頃には一万円札など一枚だって残っていないだろうという結論に至り、妹もなんとか踏みとどまり午後には私も一緒に二階の部屋を片付けた。

二階の一番奥にある父の書斎の扉を開けながら、私は父が息を吹きかけてみせた封筒の一万円札のことを思い出していた。それから、あのテレビの中の老人は、花咲かじいさんみたいだ、と思った。

父の書斎は、もう父が死んでから三十年近く経つというのに、かつてと同じようにそこにあった。棚にはずらりと鉱石標本が並んでいる。正面の窓に掛けられたレース編みのカーテンの合間から射し込む光の中を、埃がゆっくりと揺れながら落下していた。

あるところに、おじいさんと、おばあさんと、ポチという名前の犬がいました。

ある日、犬のポチが庭へ出て言いました。

ここ掘れワンワン。

父はまだ幼い私と妹に、花咲かじいさんの話を教えてくれた。

おじいさんは、その地面を掘りました。

するとどうでしょう、そこからは、金の小判が出ました。

しかし、それを妬んだ隣の家のおじいさんが、ポチを殺しました。

おじいさんは泣きながら、ポチを地面に埋めました。

ポチを埋めたその地からは木が生えてきました。

おじいさんがその木を切ると、そこからは、また金の小判が出ました。

しかし、それを妬んだ隣の家のおじいさんは、こんどは木に火をつけ燃やしました。

おじいさんは悲しみ、その木の灰を集めました。

おじいさんは、集めた灰をあたりに撒きました。

すると、どうでしょう。枯れ木には、いっせいに花が咲きはじめたのです。

そこへ金持ちの大名が通りかかりました。

枯れ木に花を咲かせましょう。

大名はすっかり感心し、おじいさんに金の小判をたっぷり与えたのでした。

父はきまって最後に、こう付け加えた。

地面を掘ると、宝物が出てくる、ってわけさ。

それから父は誇らしげに、棚に並んだ鉱石標本を指さしてみせた。

嘘だと思う？

なら、この地面を掘ってみせましょう。

私と妹がそれを笑うと、父はオーク材の床の上に敷かれたカーペットを掘る真似をしてみせた。

さて、何が出ると思う？

私と妹は指先の動きを見逃すまいと、じっと目を見開きながら、首を振る。

父はまるで何かを摑んだような格好で、手を握ってみせる。

宙にふっと息を吹きかける。

それから、私たちの目の前で、ゆっくりと手を開く。

手の中からは、金色に光る雲母や黄鉄鉱の欠片があらわれた。

ときには、水晶だとか、アメジストなんかの宝石が出てくることもあった。

父はマジックと同じくらい鉱石が好きだった。そんなに石が好きならと、知人の紹介で、墓石を販売する会社に就職したくらい、石が好きだった。

実際、父はそのおかげで母と結婚したわけで、地面を掘ると宝物が出てくる、というのもまんざらではないかもしれない。そこそこの金持ちの家に育った母は、死んだ両親の墓を建てるため遺産を懐に、父のところへやってきたのだったのだから。

私と妹はマスクと軍手姿で書斎へ踏み込んでゆく。

本棚の下についている戸棚を開け、そこに詰め込まれている鉱石標本や、ダンボール箱に詰め込まれたままの石をゴミ袋の中へ入れてゆく。果たして石が不燃ゴミにあたるのかどうか不明だったが、どうやってどこへ捨てるべきかもわからなかった。石の他にも蛍光グリーンのガラスでできた花瓶やグラスが幾つも出たので、それらを一緒にゴミ袋の中へ詰め込んだ。

最後に妹が、そこへデスクの引き出しから取り出した腕時計を押し込んだ。

父の誕生日に、母がプレゼントしたものだった。

母はそれを、女子中学校時代からの友人がやっていたアンティークショップで見つけたのだった。

文字盤が暗闇の中でも蛍光グリーンに眩く光る、１９２０年代のアメリカのWestclox社製。

妹はそれを軍手をはめた手で摑んで捨てた。

私はゴミ袋の口をきつく結んで閉じ、庭の無花果の木の脇へ運び出した。

夜になると妹がわざわざ駅の向こうへまでピザを買いに出かけていった。デリバリーのピザ屋だったが、店まで取りに行けばもう一枚無料で貰えるからという。

デイサービスから戻った母は、部屋の変化などまるで気づかないかのように、ただ濃いグリーンのベルベットのソファにいつものように腰掛けると、金色のかぎ針を握りしめひたすらレースを編もうと格闘していた。編み目は少しもできあがらないままレース糸は何度も繰り返し引っ張られ、手垢でところどころが黒ずんでいた。

娘は未だ梱包されていない食器の真ん中であぐらをかいたまま、テレビを食い入るように観続けていた。

アナウンサーの女がニュースを読み上げている。

本日午後1時ごろ、国会議事堂付近で谷健一容疑者、八十二歳によりばら撒かれた一万円札——

アナウンサーの右上には、老人の顔写真が四角く切り抜かれて表示されている。その写真は拡大しすぎたせいで粒子が見えていた。

一万円札からは、放射性物質が検出されました。

黒い背景の中央にスポットライトで照らし出された一万円札の映像が映し出される。

白い手袋をした手で握られたガイガーカウンターが翳される。

放射線量は70〜130マイクロシーベルト／h。

私たちは一緒になってそれを食い入るように見た。

母は濃いグリーンのソファの上で金色のかぎ針を手にしたまま居眠りをしていた。

アナウンサーが真剣な面持ちで繰り返す。

ただちに人体に影響はありません。

ですが、万一放射能に汚染された可能性のある紙幣を見つけた場合は、放射能汚染が拡大する可能性があるので、絶対に使用せず、最寄りの警察署へ届け出てください。

画面には相談窓口の電話番号とメールアドレスも大きく表示された。

谷容疑者は東京、杉並区の一軒家にひとりで暮らしていたもようですが、本人は旧ボヘミア地方、現在のチェコ、ヤーヒモフにあたる「聖ヨアヒムの谷」からやってきたと主張していることから、何らかのテロ組織とのつながりを捜査中です。

聖ヨアヒムの谷。

私はその名を聞いた瞬間、息が止まりそうになる。

妹がピザの入った箱を両手に抱えてリビングへ入ってきた。

やっぱり店に取りに行って凄い得したわ。福引でダイエットコーラ二本も当てたし。超ラッキー。

妹は首にマフラーを巻いたままの格好で、ポケットからコーラを一本ずつとり出して見せた。アールデコ調のダイニングテーブルの上にピザを広げ、紙皿に取り分けはじめたところで、妹はようやくテレビのニュースに気づいたようだった。

何、やだ、あの一万円札、やばいじゃん！

チーズとトマトソースが、紙皿の端からレースのクロスの上に落下する。

娘は母を介助しながら席に着かせ、その隣で椅子の上にあぐらをかきスマートフォンをいじりつづけている。

聖ヨアヒムの谷は、旧ボヘミア、現在のチェコ、ヤーヒモフ、だって。

聖ヨアヒムの谷。

鼓動が速くなる。

娘は腰にぶら下げた銀色のキーホルダーを外すと、それを手のひらに載せて見せた。

さっき、ちょうど、これ見つけたとこだったんだけど。

キーホルダーには、五百円玉ほどの大きさの銀貨がついている。

片方には立ち上がる獅子の模様が、もう片方には髭のある人物とJOACHIMの文字が刻まれている。

その人物は聖ヨアヒム。

中世ボヘミアで使われていた銀貨、ヨアヒムスターラーの複製品だった。

私はそのターラー銀貨のキーホルダーのことを、忘れてはいなかった。母が送ってよこした絵葉書のことも。山とその麓に佇む豪奢なホテルの写真。"Sankt Joachimsthal"。聖ヨアヒムの谷。母が万年筆で書いた几帳面な字の一言一句まで、私ははっきりと覚えていた。


お母さんは、いま、光子さんと一緒に、プラハから三時間ほどバスに乗って、ヤーヒモフという町へやってきています。

その山の中で、私たちは、お城みたいなホテルに泊まっています。

実際、そこはラジウム・パレスという名のホテルなのですよ！

町には小さな博物館があって、珍しい鉱石もたくさん飾られていました。

お父さんが一緒だったら、さぞ喜んだことでしょう。

明日は、ここから近くにある、カールスバードという、ゲーテが愛した温泉街へ行く予定です。

赤ちゃんはもうお腹を蹴るようになったかしら。私ももうすぐおばあちゃんですね。

おみやげを楽しみにしていてくださいね。またお便りします。


私よりも先に妹が、答えた。

ああ、そうか、その銀貨。それ、お母さんからお土産であたしも貰った。

妹は照り焼きチキンとアボカドのピザに齧りつきながら続ける。

チェコ、お母さん行ってたよ。ほら、あの脱税で捕まった、ケバいおばさんと。なんだっけ、あのアンティークショップやってた。

私は、光子さん、とだけ、上の空で呟く。

母が父の誕生日にあの時計を買ったのも、そうだ、光子さんの店だった。

光子さんはたしかにケバい人だった。やたらと香水をつけていて、母が光子さんと会った日は、いつもその匂いですぐにわかったほどだった。光子さんと母は気が合ったのかもしれない。父が死んだ後、光子さんは母を店の手伝いに雇い入れ、そこでレース編みの講座までもたせてくれた。

妹は二切れ目のピザを紙皿へ載せながら笑って言った。

そうそう。お母さんと光子さん、その聖なんたらいう町へ行く途中、タクシーでぼったくられたんだよね。そんときさ、光子さんが凄い剣幕で怒ったって話は、伝説だよね。自分じゃ脱税してたくせに、かなりうけるわ。

あの旅行へ母を誘ったのも、光子さんだった。

孫ができれば少しは気も晴れるだろうけど、そうなれば忙しくって旅行へなんて行けなくなるだろうから。

光子さんは、私の大きいお腹を指差してそう言ったのだった。

チェコ、プラハへのアンティークの買いつけ旅行のはずだった。

そこからいったいどうしてヤーヒモフの町へ行くことになったのかはわからない。

光子さんはスパや温泉がいかにも好きそうだ。

ひょっとしたら、ゲーテだとかにも興味があったのかもしれない。

そこはプラハからはたったの三時間なのだから。ちょっと足を延ばすのには、ちょうどよい場所に違いない。

母が偶然にもそこを訪れたとしたって、何の不思議もない。

ただ、たまたまのこと。

母から絵葉書を受け取ったときも、土産物を手渡されたときだって、私はそう考えようとした。

けれどあんなキーホルダーなど、すぐさま捨ててしまうべきだった。

娘は話を聞いているのかいないのか、銀貨を載せた手のひらを開いたり閉じたりしていた。そのままマジックのように銀貨が消えてしまえばいい、と思ったが、勿論それは何度手に握られても消えてなくなったりはしなかった。

当の本人である母は、何も聞こえていないかのように、ただ黙々とコーンとポテトのピザを咀嚼していた。

テレビには一万円札をばら撒いていた老人が、警察官に両側を挟まれ引き摺られてゆく映像が映し出されていた。

私は指先でピザのチーズと生地を剝いで、中の具だけを食べた。

アナウンサーの声がかぶせられる。

犯行の動機や、札がどのようにして放射性物質で汚染されたかは、現在のところ不明です。

画面の中では、老人が歩くたびに黒いダッフルバッグから一万円札が零れ落ちていた。おばさんたちが群がるようにしてそれを拾い集めていた。

老人が車へ押し込まれる時、その左手に握られていた何かが落下するのが、はっきり見えた。

ところどころが黒光りする石。

〈不幸の石〉だった。

アナウンサーがニュースを読み続けている。

谷容疑者は、過去に原子力研究関連施設で研究員として働いた経験もあることから、研究所の放射性物質管理に問題がなかったかどうかを現在調べています。

また谷容疑者は二年前から認知症に悩まされていたということです。

私がびくりと身体を震わせたちょうどその時だった。

奇妙な音が耳元で響いた。
ガロガロ、ゴロゴロ、ゴロロロロロロロ。
振り返ると、母がコーラを口に含んで、うがいをしていた。
私たちは呆気にとられたまま、しばらくそれを見た。
ガロガロ、ゴロゴロ。
ガロガロ、ゴロゴロ、ゴロロロロロロロ。
うがいの音がテレビの音よりも大きく響いた。
それから母はコーラを吐き出すかわりに飲み込んだ。
テレビ画面いっぱいに並べられた一万円紙幣が映し出されていた。
聖徳太子の顔が幾つも並んで見えた。

その夜、私は寝返りをうちながら少しも眠れなかった。壁紙の薔薇の花模様のところどころに染みがでているのが薄暗い闇の中でさえはっきりわかった。母が足を怪我して以降、母は一階の私の部屋だった場所に置いたレンタルの電動式ベッドで眠っている。私が母の部屋を使い、母のベッドで眠っていた。部屋を交換しただけで、まるで私と母の立場が入れ替わってしまったかのような錯覚を覚えて、落ち着かなかった。
半分開いたドアの向こうには、光沢のあるプラスティック製の手摺が壁に釘で打ち付けられているのがいやに目立っていた。部屋の隅には、母が愛用していた金の縁飾りがついた鏡台や刺繡の入ったオットマンなどが置かれたままになっていた。その殆どは置いてゆくので、この家といっしょに処分されることになるのだろう。

あの一万円札を撒いていた老人は、自分が聖ヨアヒムの谷の地の底に埋められていた、という妄想にとりつかれているらしかった。

老人は滔々と語ったという。

わたしは暗い地の底にいました。

しかし、ある日、地は掘り返され、わたしは光の中へ引き摺り出されたのです。

男たちが、わたしを掘り出したのです。

一攫千金、銀を掘りあてようと、ドイツ、ザクセン地方からやってきた男たちです。

掘り出された銀は銀貨に次々鋳造され、ボヘミア中に広がってゆきました。

銀貨は、この地、聖ヨアヒムの谷の名を冠しヨアヒムスターラー、略称ターラーと呼ばれているものです。

いずれ新世界アメリカへ渡ったそれは、ダラー、つまりドルの語源になるのですが。

そう、わたしは地上へ引き摺り出され、そして捨てられました。

なぜなら、わたしは銀ではなく、黒光りする石だったから。

というのも、掘っても掘っても出てくるのは、銀ではなく、金にならないこの石ばかり。

そのうえ、男たちの間には、原因不明の奇病が広がっていたからです。

肺が悪くなる、身体がだるい、出血が止まらない。

ひょっとしたらこの石のせいじゃなかろうか。

男たちは囁きあいました。

そうして男たちはわたしを、わたしたちを、ドイツ語でピッチブレンド、〈不幸の石〉と呼び、忌み嫌ったのです。

〈不幸の石〉。

私はベッドから起き出し、恐る恐る窓に額を押しあてた。

庭の暗闇を覗きこむようにして、無花果の木の脇を確かめた。

そこには間違いなく半透明のゴミ袋が置かれてあった。父の書斎にあった花瓶も、腕時計も、鉱石標本も詰め込まれたその口は、しっかりと閉じられていた。けれど、燃えないゴミの日は週に一回しかなかったので、これから六日間も、その残骸を見て過ごさなければならないのだと思うとぞっとした。


翌朝起きた時には既に、あの老人が撒いた金の総額について書かれたネットの記事が話題になっていた。

2億3500万円。

戦後はじめて日本の原子力研究開発予算として国会に提出された金額と同じだということだった。しかも、その額は、ウラン235に因んで決められたものだという。

ちょうど、かの予算が決められた同じ三月、ビキニ環礁ではマグロ漁船第五福竜丸の乗組員とマグロたちが被曝している。アメリカの水爆実験、ブラボーによる放射性降下物を被ったためだった。放射能で汚染されたマグロたちは「原子マグロ」として忌み嫌われ、築地の地底へ埋められたのだった。

大江戸線開通工事だかオリンピックのための築地移転だかに際しその地面を掘り返したが、埋めたはずのマグロはその骨さえ出てこなかったとか。ネットではこれはマグロの呪いだと騒がれていた。

私はベッドの上でスマートフォンを握りしめたまま、記事を貪り読んだ。

2億3500万円の原子力研究開発予算が確保され、マグロたちが地底に埋められてから九年後、茨城県東海村では日本ではじめて原子の力で電気が灯る。

その翌年、東京にはオリンピックがやってくる。

私は薄暗い部屋を見まわしながら、そもそもこの家がそのオリンピックの年に建てられたのだという符合にぞっとした。薔薇の花模様の壁紙が貼られた壁には、その前の年に結婚したばかりの父と母の写真もアンティークの金色の額縁に入れて掛けられていた。白いミニワンピース姿の母とぴたりとしたズボンを穿いた父。ふたりはこちらを向いて笑顔をつくっていた。ふたりが立っていたのは、この家が建つことになる、この土地だった。

そこはまだただの空き地で、無花果の木さえ植えられていないのだった。

私は気分が悪くなり、咄嗟にその写真を外した。

額の下からは大きな黒い染みが現れ、それは余計に不吉に見えた。

三日後、政府の発表があった。

谷容疑者は、認知症ではなく、原因不明の新種の病気を発症している可能性がある、ということだった。

その初期症状は認知症とも似ているが、病気が進行するにつれ、石を拾いそれを耳に押し当てることが特徴である。

放射線量の高い物質に執着し、それを収集したり持ち歩くようになる。

幻聴が聞こえたり、譫妄状態に陥り異常な言動や行動をする場合もある。

病気には長い英語の学術名があてられた。

その頭文字を取った略称はTRINITY。

トリニティ。

名づけられ、ようやくはじめて、その実態が、顕《あらわ》になった。

トリニティの老人たちは、放射性物質を、部屋に、ポケットに、仕舞っておくだけではない。ときにはそれを口の中に、身体中の穴という穴の中に、詰め込むことがある。何らかのきっかけでそれらを撒き散らすことがある。

実のところ、トリニティの老人というのは、もう何年も前から、存在していたのではないか、と噂された。

数年前、この街で死んだ老人、その女の性器から、ラジウム・ペイントの時計が十個近く出てきたことがあったらしい。

この何年もの間、この街の火葬場で焼かれた遺体の骨の合間から溶けたグリーンのガラスが出ていた。それがウランガラスだったということが判明したという。

次々と情報が寄せられてゆく。

トリニティの老人たちは、薬物中毒患者のように放射能を欲してやまないので、放射能を求めて、どこまでも出かけてゆく。

行方不明になっていた老人たちが、福島県の立ち入り禁止区域内から実のところ何人も発見されているそうである。

フレコンバッグに入れていたはずの汚染土がまるごと持ち去られた事件が幾つも起きていたが、その事実を政府は隠蔽していたらしい。

人形峠のウラン探鉱のときに出た土で作られた約一四五万個の煉瓦のうち約千個ほどが、全国のあちこちの花壇や道路舗装から取り外され盗まれていたことが、民間団体の調査で判明したという。

これは原発反対派の謀略だとか、いや原発推進の御用学者が事態を過小に評価しすぎているだとか、議論ばかりが白熱していた。

認知症だった家族が死んだ後、部屋にガイガーカウンターを翳したら、そこが放射能で汚染されていたことにはじめて気づいた、というホラー話はちょっとした定番になった。

放射性物質を持って歩くだけでも、それは、紛れもないテロ行為だ。

すれ違っただけで、隣に腰掛けただけで、こちらが被曝しないとも、限らない。

谷容疑者が起こしたテロを見たトリニティの老人たちが、これから次々とテロをやるかもしれない。

アメリカなんかで銃の乱射事件が起きると、次々と真似る輩が現れるのと同じこと。

銃なら銃を規制すればよいのだろうが。

谷容疑者みたいに、専門的な知識を持った老人がトリニティになるのが、一番恐ろしい。

原発のシステムをハックしてメルトダウンさせるだとか、食べ物や水に放射性物質を混入させるだとか、やつらはそんなことさえするかもしれない。

どのみち老い先短いのだから、自爆テロみたいなことだって、平気でやるだろう、ということが口々に語られた。

谷容疑者があの事件の直前、Facebookに書きこんでいたことの一部がツイートされ、何万もリツイートされていた。

認知症による記憶障害が、わたくしを苦しめています。しかしながら、いま、本物の記憶障害におかされているのは、わたくしではない。目に見えざるものたちを、過去を忘却しながら、微塵の苦しみさえ感じることのない人々の方ではありませんか。

もしも目に見えざるものを、その怒りや哀しみを、目に見える形で表現することをテロと呼ぶならば

これは、わたくしのテロとなるでしょう。

これが、目に見えざるものたちの、逆襲の皮切りとならんことを。

目に見えないものたちの逆襲がはじまる。

いまや、老人たちは、もっとも危険な存在と見做されるようになったのだった。

六十五歳以上は任意で病院のトリニティ診断を無料で受けられることになった。今どきの六十五歳はまだ若いのだから、老人扱いするなと、猛烈な反対運動が繰り広げられ、そ

れに対する反対運動もまたいくつも起きた。

テレビでは健康で元気に活躍する各界の老人たちが登場する公共広告がいくつも流され、「お年寄りを敬おう俳句コンクール」の入選作品を印刷したポスターが全国の小学校に配られることになった。

私は、私たちは、ガイガーカウンターの警告音が鳴り響くのを聞くたびに、びくりと身体を震わせる。

10:00

古い雑居ビルの四階、薄暗い廊下の突きあたりにある曇りガラスの扉を押し開ける。積み上げられた浄水器カートリッジの在庫の隙間を縫うようにして会社の中へ入ると、休日出勤予定の社員四人は既に全員出社し発送作業がはじまっていた。

経理を担当する巨体の満千代《みちよ》さんは、オリンピックの市松模様がプリントされたうちわで汗がいまにも滲み出しそうなたわわな胸元を扇ぎながら、発送伝票のチェックをしている。うちわを握る手の爪に盛られたネイルはフジツボのようだった。

だいたいねぇ、オリンピックオリンピックってもりあがってるけど、あたしたちなんて、この国民の休日に、ここでこんなことさせられてて、恩恵なんてこれっぽっちも受けてないんだから。

その隣で営業のタッキーは青白い顔にサイズの合わないスーツ姿でひょろりとした身体

を目一杯動かしダンボールを抱えて運びながら頷いている。

いや、まったくですよ。

満千代さんが発送伝票を捲りながら言う。

だいたいからして、聖火リレー？　あれ観てると、ホンット腹立つのよね。

事務担当で髪をやたらとピンで留めている富ちゃんと、腕毛を剃っていないリイさんがカートリッジに景品のハンドタオルを添えて箱に詰めながら、くすくすと笑って言った。

ああ、聖火リレー、話題になっていますよ。

きょうもアイドル、はしるって。

満千代さんは、ふんと鼻を鳴らす。

ＴＫＢだかＡＫＧだかしらないけど。おっさんたちの魂胆まる見えでムカつくのよね。若くて可愛い女と子どもと障がい者、とにかく走らせとけば文句ないだろってかんじで、社会的弱者を馬鹿にしてるわ。

灰色のクッションフロアが敷き詰められた床の上には、発送予定の浄水器カートリッジが整然と並べられている。私はバッグの中からサーモス水筒を取り出し水を口に含んだ。浄水器がこのオリンピックさえ楽しめないかわいそうな人たちの汚れた心まで浄化してくれればいい。窓の向こうには、隣のビルの薄汚れた壁だけが見えた。

あの家を引き払い私たちが引っ越した中古のタワーマンションは、この郊外の街のどの駅からも遠い辺鄙な場所にあったが、窓からの眺めは絶景だった。

空だけが大きく広がって見えた。

新しい部屋は二十三階にあった。数年前、数階上の住人が飛び降りて死んだらしいが、これまでせいぜい二階にまでしか住んだことがなかった私にとっては、その光景は爽快で格別だった。

部屋には段差もない。風呂にもトイレにも予め手摺だってついていた。

母の足だって、きっと治るかもしれない。

何もかもを新しくはじめるのだ。全てがきっと、よくなるはずだった。

耳にイヤフォンを差し込んだままの娘がベランダの半透明の樹脂でできた柵へ凭れかかるようにして言う。

中世の金持ちは、高いところにいれば健康になれるって真面目に信じてたっていうからね。

かつて地には瘴気が漂い、そのせいで病気になると信じられていた。だから貴族たちは、できるだけ高いところへ住み、できるだけ高いところを飛ぶ鳥を食べ、できるだけ高い山で育てられた葡萄で醸造したワインを飲んだ。地を這うような動物、ましてや地底に育つような植物を忌み嫌い、それを決して口にしなかったという。

私はベランダから身を乗り出し、街を見下ろす。

そんな迷信が本当だったらどれほどいいだろう。

外はまだ肌寒く、空は白い雲に覆われていた。

そうして私たちの新しい生活がはじまった。

眩しいほど真っ白な部屋の片隅に、積み上げられたままのダンボールを目にしたときだけ、あの家を、過去を、思い出してぞっとした。

ゴールデンウィークがやってきて、私たちはそれを一掃する仕事に取り掛かることにした。

はじめの二日は私と娘でダンボールを半分ほど開けた。三日目、娘は貯めた小遣いで例の「死よ驕るなかれ」のバンドのライブを観に池袋へ出かけて行ったが、ようやく休みが取れた妹と私で、母をデイサービスに頼み、残りをみんな始末することにした。

それにしても、ダンボール箱の中からは、ろくなものが出てこなかった。

引っ越しのどたばたで、とりあえずダンボール箱に詰めただけのものがその殆どだったし、そもそもここへ越してきてからひと月ちかく一度も必要とされなかった品なのだから。

新品の空気清浄機が唸るような音を立てていた。

私と妹は、段差がひとつもない広々としたフローリングの床の上にしゃがみこみ、マスクと軍手姿でダンボール箱を開いてゆく。

こんなもの金払って運んできたかと思うと腹立つわ。

妹は腹立たしげに、何度もそう叫びながら、ダンボール箱の中身をゴミ袋の中へ放り込んだ。

実際、どうせゴミにするなら、あの家で捨ててくれれば引っ越し代金が少しは安くなったかもしれないのに。

妹は無駄にしたであろう金を計算してみては憤慨した。

とはいえ作業は順調に捗り、午後三時をまわる頃にはおおかた片付いていた。

そうして最後のダンボール箱を開いたときのことだった。

妹があっと声をあげた。

中には、母の使いかけの口紅やコンパクト、デスクランプ、レース糸の束が混ざっているのが見えた。母の部屋に残っていたものを、娘がまとめて適当に詰め込んだものだろう。

妹はレース糸の下に手を突っ込むと、その下に埋もれていた銀色のノートパソコンを摑み出した。

これ、売れるかも。

母が随分昔に買ったパソコンだった。

光子さんの脱税騒動で母のレース編みの講座が休止になった後、震災もあったことから母もFacebookやLINEをはじめ、遂には、一本指ながらタイプを完全にマスターし、「レース編みダイアリー」というブログまで立ち上げたのだった。

母はたちまち夢中になった。高価なデジカメまで購入し、レース編みのドイリーやベストを撮影しては、それをブログにアップした。ブログはたいした人気にもならなかったが、かつてレース編み講座に通ってきていた弟子たちとの交流もそこで続けられたし、知らない人からの、拍手、だとか、コメントがつくのは嬉しかったのだろう。コメントにはいちいち全部に丁寧に返信までしていたようだった。

しかし、母が足を怪我して以降、レース編みはひとつも完成しなかったので、パソコンは押し入れにしまわれ、そのままこのダンボール箱の中へ放り入れられたのだった。もはやデジカメは行方不明だった。

妹はダンボール箱の中身をかき混ぜ、白い電源コードを引きずり出した。

手早くコードを接続すると、ジーンズの膝の上でパソコンを開く。

軍手を嵌めたままの人差し指で電源キーを押す。

これお母さん買ったとき凄い高かったやつじゃん。

確かに、購入したときは高かっただろうが、いかんせんもう何年も前の古い型で、いまや起動するかどうかさえ怪しいと、私がダンボール箱の方へ向き直ったときのことだった。

ポーンと起動音が響く。

あ、動いた。

私は少し驚き、妹と一緒になってパソコン画面を覗き込む。

黒々としたモニタに光が灯る。

パソコンは順調に起動し、画面の真ん中には、パスワード入力画面が現れた。

四角い空白の中でカーソルが点滅している。

妹は軍手を片方だけ放り投げるようにして外し、キーを叩く。

四角の中に黒い丸が幾つか並ぶ。

パスワードが正しくありません
四角が震え、ふたたび空白が表示される。

妹は少し考えてから、もういちどキーを叩く。

パスワードのロックが解除される。

ビンゴ。

起動画面が現れる。

妹はガッツポーズをしてみせた。

母のパソコンが、立ち上がりつつあった。

私はすっかり感嘆する。

ＩＴ系の会社で仕事してると、パスワードのロックまで外せるようになるんだ。

ひょっとしたら、妹はハッカーみたいなこともできるのかもしれないと私は考えたが、
答えはあっさり、まさか、だった。

ただ、パスワード、適当に考えて入れてみただけ。

どうせお母さんが思いつきそうなパスワードなんて、たかが知れてるでしょ。

パスワードは、電話番号。

もはや存在しないあの家の電話番号だった。

だから情弱は困るのよ、安易すぎるパスワードはダメでしょ、と妹は本気で怒っていた。

音と共にパソコンのデスクトップ画面が現れる。

あの家の電話の音。聞こえるはずもないその音が、鳴り続けているような気がした。

背景にはめいっぱいに引き伸ばされたレース編みのドイリーの写真が配置され、画像の解像度が低いせいで、ところどころがモアレになっていた。

妹は手早くフォルダを開いてゆく。

何これ。

小さく呟く。

そこにあったのは、「日記」というタイトルのつけられたファイルだった。

日記。

いまどきは日記も、ベッドや枕の下でなく、パソコンの中にしまわれているものなのだ。

私も軍手を外し、パソコンの脇にしゃがみこむ。

どうする?

私たちはマスクをつけたまま顔を見合わせる。

見る?

妹が大真面目な顔で言う。

過去の恋だとか情事が赤裸々に綴られてるかも。

暫く沈黙する。

どうする?　マディソン郡の橋的なやつだったら。

私は吹き出す。

ていうか、そういうの想像しちゃうからやめてよ。

お母さんとクリント・イーストウッド?

私たちはひとしきり笑い転げた。それから、妹が、ファイルをクリックする。

しかし、私たちはもう、笑えなかった。

私たちがそこに見たのは、母の情事なんかではなかった。

情事なら、まだましだったかもしれない。

7月16日　月曜日

ひと晩中、近くの池でカエルが交尾して鳴いています。

はげしい風と雷雨がようやくおさまり晴れまがあらわれる、夜明けの5時。

男たちがそれぞれポケットから金を取り出し、かけをはじめました。

さあて、これから生まれるのは、**男の子**か、それとも、**女の子**か？

男の子に1ドル。

女の子に1ドル。

テーブルの上に1ドル札がつぎつぎとつみあがってゆきます。

ここは、ニューメキシコ州、ホワイトサンズ実験場。

ロスアラモスからほど近いトリニティ。

男たちがみまもるそのまんなかにあるのは、しかし股をひろげた女ではなく、高い鉄とうです。

その鉄とうの上につりあげられ、あちこちからコードがとびだしている直径1.5メートルの金属製の球体は「ガジェット」。世界ではじめての原子爆弾。

男たちがここで口にする**男の子**か**女の子**かというのは、この「ガジェット」がどれほどの爆発規模になるかという予想の喩え話なのです。

そもそもそれが**生まれるかどうか**には10ドルかけよう。

ポークパイハットをかぶり、パイプをくわえた男が、10ドル札を手ににぎりしめていいました。

生まれるに、10ドル。

黒い髪に青い目。その青は、山に咲くリンドウの花か、氷のような色。

彼の名前はロバート。41歳。

今、彼の足元には草木の生えない平らな土地がぬかるんで広がっています。

このあたりは雨が少ないせいで、いつもはかわいていて、水のかわりにコーラで歯みがきをしなければならないこともあるというのに。

こんな日にかぎって、ひどい雨が降るとは。

彼の黒い革ぐつのつま先のところでぬかるむ砂は赤色です。地名はホワイトサンズ、白い砂、というのに。

アラモゴードにほど近い場所の砂は、事実、白い砂、石こうでできているのです。あたりいちめん見わたすかぎり真っ白な砂丘もあるのです。

ラジオでは「スカイパイロット」の番組をやっています。

カウントダウンがはじまります。

男たちは顔に日焼けどめクリームをぬりこみます。

黒いサングラスが配られました。それを装着するものもいれば、それをかけずにトラックのフロントガラスの裏にまわるものもいました。

2分。

ロバートがつぶやきます。
神様、これは心ぞうによくありません。
万一これが**生まれ**なければ、10ドルどころか、20億ドルの金がまさにいっきに吹き飛ぶことになるのですから。
1分。
50秒
40秒
30秒
20秒
10、9、8、7、6、5、4、3、2、1
ラジオではちょうど番組が終わり、それから、音楽が始まる。

曲は「サンライズ・セレナーデ」。

作曲はフランキー・カール、作詞はジャック・ローレンス。

グレン・ミラー・オーケストラが演奏した楽曲です。フランキー・カール・オーケストラによるヴァージョンはヴィクトリー・ディスクとして、世界中のあちこちの空からちくおんきといっしょにパラシュートで落下してゆきました。

1945年7月16日5時29分45秒。

爆発でプルトニウムのコアを包む金箔が破れ吹き飛びます。

今日の日の出時間は、6時53分。

あと1時間23分15秒。けれど、あたりは真昼よりもなお明るく輝いています。

遅れて地の底からわくような轟音が、鳴りひびきます。

私は光になる。


私はその画面を見つめながら戦慄した。

私と妹はただ黙ったまま顔を見合わせた。

何これ。

妹がファイルの情報をひとつひとつ確かめてゆく。

それは確かにこの母のパソコンで書かれたものらしかった。

びっしりと並ぶ文字はデジタルデータなので、いくら目を凝らしてみたところで筆跡やインクの染みさえ見えない。

すぐさま私たちはパソコンを払いのけるようにして立ちあがった。

この新しいマンションの、新しい母の部屋へ踏み込んだ。

フローリングの床はやたらと滑り、合板でできた扉は異様に軽かった。

私は電動ベッドへ近づき枕を持ち上げた。ベッドのマットを捲りあげる。

デイサービスへ行く時に着る洋服を仕舞っているプラスティックケースをひっくり返す。

妹はまっすぐに部屋の隅に置かれたマホガニーの猫脚チェストの方へ向かっていった。

あの家ではいかにも高級そうに見えたそのチェストも、この部屋の中では惨めに古びた傷物にしか見えなかった。

妹が一番下の引き出しを引く。そこに押し込まれていたウールのスカートを引き摺り出す。

その時だった。

引き出しの奥底から、グリーンの花瓶が現れ、スカートと一緒に床へ転がり落ちた。

捨てたはずの花瓶。

父の書斎の棚の中からゴミ袋へ詰め、庭の無花果の木の脇に出し、ゴミに捨てたはずのあの花瓶。それが、亡霊のようにここへ現れたのかと錯覚し、ぞっとした。

しかし、よく見れば、それはあの花瓶よりもずっと小さな一輪挿しだった。

引き出しをさらに掘り返すと、グリーンのワイングラス、ネックレスが、次々覗いた。

底のスカーフを引っ張ると、幾つもの小さなグリーンのガラスビーズが転がり落ちてフローリングの床に散らばった。

ウランガラスだ!

ウランガラスは、紫外線、太陽の光で蛍光を発する、とテレビでやっていた。

まさにその全ては、太陽の光の中で、眩いばかりに発光していた。

私はゴミ袋を摑み取ると、全てをその中へ押し込んだ。

妹は、次々と引き出しを引いてゆく。

私も血眼になって、引き出しを掘り返す。

色とりどりのレースに覆われたブラジャー、ガードル。

その一番底から、黒光りする石が出た。

深く暗い闇のような黒。

〈不幸の石〉だ！

私はそれを摑み上げた。

石はしんと冷たく重みがあった。

私は突然恐ろしくなる。石を握るその手の指先から闇が、声が、身体へ侵食してくるような気がして、咄嗟にそれを床へ投げ捨てた。

妹が素早く母の紫色のレースの下着で〈不幸の石〉を包みこむように拾い上げると、それをゴミ袋の中へ投げ入れた。

ていうかお母さん、こんな派手な下着、どこで穿いてたんだろ、キモいわ。

妹はそれだけ言うと、ゴミ袋を両手に抱え、タワーマンションのゴミ置き場へと運んで行った。

そうだ、捨ててしまえばいい。

何もかも、捨ててしまえばいい。

私は窓へ顔を押し当てたが、そこにはただ空が見えるだけだった。

ゴミ置き場はマンションの一階の屋内にあったので、捨てられたゴミはもうどこにも見えない。

もはや無花果の木の脇で無惨な姿を晒し続けるゴミ袋を目にすることもないのだった。

何も見えやしないのだから。

私と妹は、それからパソコンの中の日記のファイルを、消去した。

全ては一瞬で終了した。ファイルをゴミ箱のアイコンの上にドラッグ&ドロップして、消去ボタンを押すだけで、ゴミ袋を取りにゆく必要さえなかった。跡形も残さず、ただ小さな音だけをたて、ファイルは一瞬で消えて、この目に見えなくなった。

私たちは、黙々と、ウールのスカートとスカーフをふたたびチェストへ戻し、ベッドを直した。

この真新しい部屋の中には、もう、ダンボール箱はひとつも残っていなかった。

あの家も、過去も、もう跡形もなく消え去って、何も見えない。

真っ白な洗面台で両手を擦り続ける。

銀色の蛇口へ手を翳す。

目に見えない力で蛇口がひねられるようにしてどっと水が流れ出る。

鏡は光触媒の加工がされているから、決して錆びたりしない。

けれどいくら手を洗い続けても、あの〈不幸の石〉を握った時の感触が、絡みついたまま消えなかった。

今後、できるかぎり、母から目を離さないこと。

母の持ち物をすべて隅々まで毎日チェックすること。

母のあの「日記」のことを、チェストや部屋から出たもののことを、決してだれにも漏らさないこと。

私も妹も、決して、トリニティ、という言葉を口にしようとはしなかった。

その日の夕方、私たちはデイサービスから戻った母の洋服をみんな調べた。母をベッドに寝かせ、デイサービスのためにスーパーで買って記名した肌色のパンツを脱がせ、その性器の中まで調べた。

ゴムの入ったズボンのポケットからは、ウランガラスビーズが三つ出た。

ところで売ろうとしたあのパソコンは、金になるどころか、捨てるのに金を取られることが判明したのだった。

日中

物理学者は、一グラムのラジウムがその放射線量を半減させるのに要する時間をかなり正確に予想できるが、そのラジウムの一つの原子がいつ崩壊するか、予言することはできない。もしある人が分岐点にさしかかって、左の道をとらないなら、もちろん右の道を行くのだろう。だが私たちに、選択が、たった二つしか許されないことはほとんどありえない。それに一つの選択にはまた別の選択がいくつか連なり、すべてが何倍にもなって、無限に続いてゆく。また私たちの未来は、慎重な選択とはまったくかかわりのない、外的要因にも大きくかかわっており、意識にのぼらない内的要因にも依存している。従って、自分の未来も、隣人の未来も、知ることはできない。そして同じ理由から、自分の過去の「もし」がどうなったか、言うことは不可能なのだ。

「アウシュヴィッツは終わらない」
プリーモ・レーヴィ

12:00

ようこそ　☆　Re：Re：Reの部屋へ　☆

かつて東京電力福島第一原子力発電所の構内には、「野鳥の森」と呼ばれる大きな森があったんだそうです。

年に何回かある開放日には、たくさんの家族連れがやってきました。
子どもたちやお年寄りたちがみんな一緒に
コウライシバの上に広げた青いビニールシートの上で
満開のヤマザクラを見上げていたんです。

お弁当箱には、ツナや卵やジャムのサンドイッチ、鮭や梅のおにぎり、唐揚げやミートボール。

シロツメクサの花を摘み冠がいくつも編まれてできました。

ヤマツツジが鮮やかな朱色の花を、モチノキの隣では、アセビが白い房のような花を咲かせています。

夏から秋にかけて、いちめんはススキとオオアレチノギクのふわふわとした綿のような花に覆われます。ツルリンドウの淡い紫色の釣鐘状の花が木陰にひっそりとありました。

地面には、コナラ、クリの木の実が、もうそれは、拾いきれないほどたくさん落ちていました。

どの季節でも、鳥の声がずっと聞こえていたんです。


おそらく、それが「野鳥の森」と呼ばれていたゆえんなんでしょう。


もちろん、それは正式名称ではないんですが。

このあたりの人も、東電の人たちも、みんなそう呼んでいたんだそうです。

見学へ行くバスの隣に乗り合わせた、高木さんがそう話をしてくれました。

ところで、鳥は何の種類だったのでしょう。

それは聞きそびれました(TдT)

高木さんは、結婚してこの近くへ越してきて、子どもを産み、育て、ここに住んでいたそうです。

でももう、ここへは戻れないし、戻らない、ということです。


いま、「野鳥の森」は木々が切り倒され、放射能の汚染水タンク置き場になっています。

原子力発電所の構内に建てられた9階建て1200人を収容できるプレハブ施設の丸窓から、外を覗きました。

幾つものクレーンと、向こうの海辺まで続く巨大なタンク群が並ぶ光景を見おろしたらReは胸がいっぱいになりました。

タンクの脇には、たった一列だけ、切り倒されずに残された桜の木が並び鮮やかなピンク色の花を咲かせていました。

☆

それにしても、Reがここで見たのは、不思議と幻想的な光景でした。
なんと、そこには、木々も、草もなくて。
あたりいちめん、ずっとずっと、銀色が広がっているんです。

というのも、地面に土や草木があると、そこへ放射性物質が付着し、放射線量があがってしまうんだそうです。
だから、木を切り倒し、草が生えないように
地面をみんな銀色のモルタルで覆うことにしたんだそう。
けれどそのおかげで、構内の放射線量は下がり
防護服で移動しなければならない場所は、ぐっと減ったそうです。

構内を見学してまわるときにも、防護服どころか、マスクさえつける必要がない、と言われて、びっくり！

線量を測るためのＡＰＤ（警報付きポケット線量計！）をつけ、両手にコットンの手袋を嵌めただけでした。

その格好で見学用の座席にビニールシートが掛けられたバスに乗り

その窓から、あの爆発し、鉄骨が剝き出しになった原子炉、１号機を見ました。

さすがに、その周辺だけは放射線量が高いようで、高木さんが持ってきていたガイガーカウンターの警告音が鳴っていました。

けれど、そこ以外は、どこもそれほど高い線量ではなかったようで、ガイガーカウンターが鳴ることもありませんでした。

（ちなみに、構内は携帯電話もカメラも持ち込み禁止！

写真を載せられないのが残念～　ガイガーカウンターだけは持ち込みＯＫでした）

☆

構内は、どこも清潔で整然としていて明るくてコンビニみたいででした。

そうそう、ホントにコンビニもあって、構内にあるプレハブビルの施設内には、去年ローソンがオープンしたんだそうです。

その施設内にある、食堂で、みんなで昼食をとりました。
施設内には、廃炉作業に携わる作業員の方たちの休憩所があり、食堂にも大勢が訪れていました。
若いイケメン男子がいっぱいいました♡
その食事は、原発から約9キロの距離にある、大熊町大川原地区にある福島復興給食センターから、ここへ届けられているのだそう。
見学では、その給食センターへも行きましたが
そこでは、女の人も大勢働いていました。
といっても、女の人たちが、お米をといだり、洗ったりするわけじゃありません。
ご飯を炊くのは、機械のスイッチひとつ。
3000食ぶんの食事をいっぺんに調理することもできるそう。
ちなみに、その日のメニューは
丼もの2種類、麺ものと、カレーの中から選べたんですが
Reは鳥の唐揚げおろしソースとがんもどきの煮つけの定食を食べました。
お値段はオール380円。
美味しかったです♪

☆

Reのブログを一番下までスクロールしてから目を上げると、壁に掛けられた時計がちょうど十二時を指していた。

目の前のモニタに表示されたReのブログの中では、蛍光ピンクやイエローの星が点滅を繰り返している。私はスリープキーを押して画面が黒くなるのを確認してから、席を立った。

向かいのデスクでは、満千代さんとタッキーがそれぞれ弁当箱とアルミ箔に包まれたサンドイッチを手に、パソコンモニタで聖火リレーを観ていた。他の人たちの姿は見あたらず、半分電気を消したままの社内はいつもよりずっとがらんとして見えた。

タッキーがモニタから目をあげ、サンドイッチを齧りながら、私に向かって言った。

あ、もしかして、富ちゃんとリイさん、探してます?

満千代さんはフジツボのようなネイルが並ぶ指で握ったピンク色のプラスティック製の箸で窓の向こうを指さしてみせる。

きょうはあの角のオーガニックワンコインランチいくって言ってたわよ。合流したら?

いえ、と返事をしようとした瞬間、股の間を生ぬるい血の塊が流れ落ちる感触がして、私はそのままトイレへ駆け込んだ。

Reの祖母にあたる女が、テロ騒ぎを起こしたのは、ちょうど二週間前、七月はじめの金曜日のことだった。聖ヨアヒムの谷容疑者が事件を起こしてから約三ヶ月、私たちが母の日記を見つけてから約二ヶ月。

オリンピック開幕がいよいよ真近に迫り、ニュースもオリンピック一色になったおかげで憂鬱なことはみんな忘れかけていたのに。

けれど振り返ればそれは、まさに嵐の前の静寂でしかなかった。あの日を境に、私はまともに眠れていない。

あの日、台風が日本本土を北上していて、東京は朝から雨だった。

昼休みになると、いつもどおり満千代さんとタッキーは聖火リレーを観るために、デスクトップパソコンの前に陣取り弁当を広げていた。

雨の中、せっせと走ってご苦労さまよね。

満千代さんは毒づきながら弁当を広げ、タッキーはランナーの男の白いタンクトップから乳首が透けて見えることを力説していた。

台風が接近していたせいもあり、社員の殆どが社内に留まっていた。冷房を入れているにもかかわらずひどい湿度で、窓の外は薄暗い。

私は給湯室の隅で、グリーンスムージーのパウダーを豆乳に溶かして飲んだ。流しでプラスティック製のシェイカーを洗ってから席へ戻ろうとした時のことだった。

満千代さんとタッキーのまわりにちょっとした人だかりができていた。

みんなモニタを覗き込んでいる。

アイドルのだれだかが聖火リレーを走るのは今日だっただろうかと考えながら、私もそこへ近づいた。

パソコンモニタの中では、確かに人が走っていた。

真っ白な曇り空の下。

郊外のショッピングモールの駐車場。

真ん中を突っ切るように走るのは、老人だった。しかも女だ。

しかしそこに聖火リレーのトーチはなかった。

その手に握られているのは、黒光りする石だった。

トリニティ。

私は息が止まりそうになる。

私はその手に握った〈不幸の石〉の感触を思い出し、指先が冷えてゆく。

私の隣では産休前で腹がかなり大きくなっている田ぐっちが目を見開いている。

このおばあちゃん相当キテるわ〜。

老人は、短いボブに切り揃えられた白髪を揺らし、白いタンクトップに真っ赤な短パン姿で疾走していた。腕や足は、年のせいで筋張っていたし、スニーカーは薄汚れたアディダスのバッタ物だったが、背はまっすぐのびていてフォームも完璧だった。

私は、その老人が、一瞬、母なのではないかと錯覚する。

デイサービスを逃げ出した母が、画面の向こうにいるように思えて、ぞっとした。

よく見ればその老人は母と少しも似ていなかったし、そもそも母は足が悪くてまともに歩けさえしないのに。

タッキーが興奮気味に言った。

このおばあちゃん、浄水器の次期キャンペーンガールに、スカウトしましょうよ。

富ちゃんが髪をピンで留め直しながら、プレゼン資料が必要ですよ、と大真面目に答えて、どっと笑いが起きた。

それからまた、みんなじっと黙った。

動画はライブストリーミングだった。

画面の脇にはそれを観ている人たちが書き込むコメントだけが次々と表示されてゆく。

トリニティの老人によるひとり聖火リレーはじまりました―。

ひとりオリンピック絶賛開幕中。

ご存知オリンピックは平和の祭典です。

テロです、いますぐ、みなさん、逃げてください。

ｷﾀ――――（゜∀゜）――――!!

コメントによれば、そこは東京電力福島第一原子力発電所からほど近い、双葉郡富岡町だということだった。二十キロ圏内だったが、三年前の２０１７年４月１日、避難指示解除になった地だという。

リイさんが、それを見ながら呟いた。

これほんとにフクシマ？

立ち並ぶのぼり旗の脇を、老人が走り抜けてゆく。

タッキーは、ネットの中継を見ながら、手元のタブレットでもこの事件を検索している。

満千代さんが巨体を乗り出してそれを覗きこむ。

雨音だけが室内にも大きく響いて聞こえた。

窓の向こうでは、次第に雨脚が強くなっている。

タッキーの手に握られたタブレットには、粗い画像の動画が映し出されていた。

水色と白の迷彩模様の建物の壁が半分崩れかけ、鉄骨が剝き出しになっている。

東京電力福島第一原子力発電所一号機の建屋だ。

その脇には赤と白のクレーン車。建物の奥には微かに海が見える。海面は太陽の光を反射してきらめいている。

その手前の道を、黒い人影が走り抜けてゆく。

満千代さんが、そのタブレットに摑みかかるようにして尋ねる。

この映像なんなわけ？

タッキーは、その動画を拡大してみせる。

福島第一原発一号機側のライブカメラの映像だそうです。


タッキーの情報によれば、東京電力福島第一原子力発電所構内視察ツアーに参加していたひとりの老人が、構内見学の途中、バスを降りたところで、一号機へ向かって逃走したらしい。

その後、一号機の中へ侵入しようとしたところを防護服を着て作業中だった作業員の男ふたりに発見された。老人は逃げ出したが、汚染土が詰め込まれたフレコンバッグによじ登ろうとしていたところを取り押さえられた。しかし、手にしていた〈不幸の石〉で反撃。男ふたりを殴りつけてふたたび逃走。老人は作業中のトラックをジャック。運転手を人質にカーチェイスの末、遂にはこの富岡町、双葉警察署前の近くまでたどり着いたが、電柱に衝突。

　車を乗り捨て、長袖長ズボンを脱ぎ捨てた後、現在の格好になって走り出した、という話だった。

　姫野紀代子容疑者九十一歳。

　その年齢を聞き、全員が思わず唸った。

　九十一歳！

　それから口々に勝手なことを言い合った。

　まあ一〇〇歳でフルマラソンを完走したインド出身のイギリス人ファウジャ・シンとかいるけどね。

　このおばあちゃんがオリンピック出ればいいのに。

　作業員の男はふたり共全治一週間、運転手の男は全治二週間の怪我とのことだった。

　満千代さんがそれを聞いて呟く。

　走りだけじゃなくて、力も強いなら砲丸投げとかもイケるかもしれないわ。

　みんなでまた笑った。

　窓の向こうの雨音が強まり、笑い声が一瞬だけ掻き消される。

　タッキーはタブレットで検索を続けていたが、原発構内は機密保持のため公開禁止だそうで、写真は東電が提供した二枚きりしか見つからなかった。

　一枚は汚染土が詰められた黒いフレコンバッグに、カエルのような格好で貼りつく老人の姿。

もう一枚はあたり一面銀色の風景の中を走る老人の後ろ姿だった。

満千代さんはタッキーのタブレットを摑むと、写真を指先で拡大し、老眼なのか画面を離しては、ためつすがめつしている。

てか、これ、なんで近未来ＳＦの合成写真みたいなわけ？

地面、銀色じゃない？

確かに、老人が走っている場所の地面は、一面銀色だった。

タッキーのタブレットは手から手へと回覧されてゆく。それぞれ写真を拡大したり縮小してみたりしたものの、だれひとり、その地面がなぜ銀色なのか、わかりはしなかった。

後に私たちはReのブログで、果たして、原発構内の地面に草花が生えて放射線量が上がらないように銀色のモルタルで固められているという事実を知ることになるのだったが。

画面の向こうでは、老人がただひたすら走り続けていた。

ごくありきたりなショッピングモールの駐車場が映し出されていた。背後には、白いボックスカーにトイレットペーパーとネギを積み込んでいる中年の女が見えた。

田ぐっちが大きな腹に手をあてたまま不安そうに顔をしかめる。

なんか、二十キロ圏内っていうけど、案外普通ですね〜。

富ちゃんが小さく頷く。

廃墟なのだとばかり思っていました。

画面の向こうでは、スーパーの駐車場に居合わせたＴシャツにサンダル姿の若い男がふたり、スマートフォンで老人の写真を撮っていた。

満千代さんも呟く。

ていうか、原発構内だって、みんな防護服着なくちゃ、死ぬのかと思ってたわ。

画面の脇のコメント欄に、あの谷容疑者のツイートのキャプチャ画像がしつこく何度も貼り付けられていた。

いま、本物の記憶障害におかされているのは、わたくしではない。目に見えざるものたちを、過去を忘却しながら、微塵の苦しみさえ感じることのない人々の方ではありませんか。

画面の向こうでも、雨が降り出していた。スーパーのアスファルトの地面がたちまち塗りつぶされるように濃い黒に変色してゆく。

若い男たちがタオルを頭に被りながら、散り散りに車の方へ駆けていた。

老人の薄汚れたスニーカーは雨水を含みどす黒く変色してゆく。

足を踏み出すたびに、雨水が跳ね上がって飛んだ。

窓の外から雨音が大きく響いて聞こえていた。

このガラス窓の向こう側でも雨が降り続いている。

そのことが、私を不安にさせた。

老人が走っているその土地は、私がいまいることとは違う、どこかずっと離れたところであるはずだった。そこは画面に隔てられ、ここは繋がってなどいない、どこか全く別のところであるはずだった。

けれどひとつの台風がゆっくりと北上しながら、ここにもそこにも雨を降らせている。もしも目に見えざるものを、その怒りや哀しみを、目に見える形で表現することをテロと呼ぶならば

これは、わたくしのテロとなるでしょう。

これが、目に見えざるものたちの、逆襲の皮切りとならんことを。

老人は駐車場を抜けて、道路へ飛び出そうとしていた。

それを追いかけながらカメラが揺れ、道路の向こうにある、閉店になったまま錆びついている回転寿しの看板が映りこむ。カメラにも雨水の水滴がついては流れて落ちた。

それから突如、視界がひらける。

白い空が大きく広がって見えた。

満千代さんがタッキーから奪ったタブレットを握ったまま声をあげた。

ディズニーランド?!

その白い空の下には、確かにディズニーランドと見まがうようなパステルカラーの建物が三棟建ち並んでいた。手前の広場には丸く刈り込まれた芝生。木を囲むようにして置かれた木製のベンチ。淡いグレーとペパーミントグリーンの壁に白い窓、パステルイエローの壁に丸扉、風見鶏と時計がついた尖塔、赤いレンガ造り風の壁には黒い屋根、そしてその手前にはガス灯を模した電灯まで立っている。

ファンタジー映画か何かを見せられているのかと目を疑った。

しかしそこは確かに、二十キロ圏内、富岡町のはずだった。

老人は筋張った足を蹴り上げ、柵を軽々と乗り越えた。ディズニーランド風の敷地内へ踏み込んでゆく。

老人の濡れそぼった真っ赤な短パンだけが異様に目だって見えた。

コメントが次々表示されてゆく。

ここどこ?

何この建物? 蜃気楼?!

シュールすぎでしょ、これ。

結果、それは東京電力福島第二原子力発電所のPRのための施設、旧エネルギー館、現東京電力廃炉資料館だということが判明した。

東京電力 TEPCO のサイトや、観光スポットとして紹介されているトラベルガイドから拾ってきた写真が次々と貼りつけられてゆく。

解説によれば、その建物は、アルベルト・アインシュタイン、マリ・キュリー、トマス・エジソン、それぞれの生家を模し、三つを合体した形で建てられたものだということだった。

旧エネルギー館時代には、アニメをモチーフにしたベーカリー・カフェも併設。母子にも人気のスポットだったらしい。震災後は休館。後、2018年11月30日廃炉資料館として再オープン。開館時間は9:30〜16:30。休館日は第三日曜日。入館料無料。

満千代さんが、スマホで画面を撮影しながら言う。

幻覚見たかと思ったわ。

老人は真っ直ぐに、その廃炉資料館へ向けて走っていた。

雨に濡れた白髪は額と頬に絡みつき、雨水が滴っていた。いままさに、老人はパステルイエローの家、つまりマリ・キュリーの生家の丸扉の前へ到達しようとしていた。

黒い雨合羽を着た警察官がトマス・エジソンの生家脇から飛び出してくる。

廃炉資料館のエントランスの脇では、親子連れが立ちすくんだままそれを見つめていた。

警察官が老人を追いつめてゆく。

老人はその手に握った石を果敢に振り回す。

そうしながらマリ・キュリーの生家の扉を叩き続けている。

カメラは遠くからそれを捉えていたので、老人の声も、扉を叩く音も聞こえなかった。

ただ、老人は、音もなく、必死で扉を叩き続ける。

田ぐっちは腹と口を同時に押さえた。

富ちゃんが息を呑む音が聞こえた。

みんなただ沈黙していた。

コメント欄には繰り返し投稿されてゆく。

これが、目に見えざるものたちの、逆襲の皮切りとならんことを。

これが、目に見えざるものたちの、逆襲の皮切りとならんことを。

これが、目に見えざるものたちの、逆襲の皮切りとならんことを。

けれど扉は開かない。

何度扉を叩いても、だれも応えない。

そもそもその扉はただの張りぼてなのかもしれない。

扉を象っているだけで、開きやしないものなのかもしれない。

老人は警察官たちに取り囲まれる。

遂に老人は、マリ・キュリーの家の扉の前で引き倒される。

その瞬間、アスファルトの上に溜まった雨水が宙へ舞い上がった。

その手から〈不幸の石〉が転がり落ちる。

カメラが揺れて、緑色の尖塔が一瞬見えた。

それから白い空が映し出される。雨粒が落下していた。

ストリーミングはそこで途切れる。画面が消えて、黒い闇になる。


その逮捕劇から数時間も経たないうちに、その老人、姫野紀代子容疑者もまた、谷容疑者と同様、聖ヨアヒムの谷の地の底に自分が埋められていたという妄想にとりつかれているというニュースが流れた。

わたしは暗い地の底にいました。

しかし、ある日、地は掘り返され、わたしは光の中へ引き摺り出されたのです。

松の木が茂る森に打ち捨てられました。

ある日、男たちがやってきて、わたしを、わたしたちを、拾いあげました。

わたしたちは、山から運び降ろされ、教会の前の丘を下ったところにある駅へ連れてゆかれました。そこで列車に詰め込まれたのです。

列車は、どれほど走ったでしょうか。

わたしたちが連れてゆかれたのはフランスのパリという街でした。

わたしたちは、パンテオンからほど近い場所にある、ESPCI、パリ市立工業物理化学高等専門大学の庭に積み上げられました。

一トンあまりの〈不幸の石〉の山ができました。

その中には、あの聖ヨアヒムの谷の松の葉もまざっていました。

ひとりの女が、〈不幸の石〉を握りしめ、目を輝かせていました。淡いグレーの瞳です。女の名前はマリ。

マリ・キュリー。博士号取得論文の準備を進める三十二歳。

夫のピエールもやってきて、わたしたちを洗ったり、砕いたり、熱にかけたりして、小屋の中へ運び込みました。

小屋には死骸の臭いが残っていました。そこはかつて医学部の解剖室として使われていたのだそうです。

わたしたちに続いて、聖ヨアヒムの谷から〈不幸の石〉たちが次々と運ばれてきました。

最終的には、十一トンもの〈不幸の石〉たちが。

そうして、そのわたしたちのなかから、0.1gの新物質が取り出されたのです。

莫大な放射能を持つ、新物質です。

わたしは、わたしたちは、青白い燐光を発していました。

放射する、を意味するラテン語から

ラジウムと名づけられました。

かつて忌み嫌われていた〈不幸の石〉。

そこから取り出された私は、たちまち、銀よりも、いや金よりもなお、高価な物質になりました。

ラジウム１gの価値は７５０００フラン。

マリはわたしたちを「妖精の光」と呼び、枕元に置いて眠りました。

マリとピエールは、ノーベル賞を受賞しました。

しかしふたりは授賞式へ出ることもできませんでした。

マリは女の子どもを妊娠していたのに流産し、夢遊病になって部屋の中を彷徨い、ピエールはリウマチの痛みで呻きながら、のたうちまわっていたからです。

しかし、いまや、ラジウム発見の報は世界中に轟き、わたしはだれもが欲するものになりました。

ラジウムで癌が治るらしい、といわれていました。

放射線治療のはじまりです。

けれど、どんな金持ちも、わたしを手に入れることは叶いません。

まだ、聖ヨアヒムの谷の他に、わたしたちを手に入れることができる場所を、だれひとりとして知らなかったのです。

金持ちたちは血眼になって、ラジウムを探し求めました。

そこで、注目が集まったのは、聖ヨアヒムの谷の地底から湧く泉の水でした。

その水は、ラジウムをごく僅かに含む、放射性のラジウム泉だったからです。たちまち噂が広がりました。

その泉の水を呑めば、その泉に浸かれば、癌が、治るらしい。リウマチも、赤痢も、他のどんな病気も治るらしい。

なぜなら、それはラジウム泉だから。

そうです、わたしたちは、科学の奇跡に、なったのです。

聖ヨアヒムの谷には、ヨーロッパ中から、金持ちたちが、押し寄せます。

町の人たちは盥に泉の水を汲み、ラジウム・ビールを醸造し、ラジウム・パンを焼きました。

そうしてついには、ラジウム・パレスという巨大なホテルまでオープンさせました。世界ではじめてのラジウム・スパ・ホテル。オーストリア・ハンガリー帝国、帝都ウィーンの建築家が設計した五階建ての豪奢なホテル。地下にはダンスホール、森にはテニスコート。

ところでなぜそのホテルのことを知っているかって?

わたしたちもマリと一緒に、そこを訪れたことがあるからです。

わたしたちはふたたび、あの地へ舞い戻ることになったのです。わたしたちはかつてわたしがいた松の茂る聖ヨアヒムの森を、ホテルの窓の向こうに見ることになりました。

1925年6月16日。

マリは丸く太いリボンがついた帽子を被り、襟の大きなたっぷりとしたオーバーコートを着ていました。
聖ヨアヒムの谷では大勢の人たちがマリを歓迎しました。
マグネシウムが焚かれ、記念の写真が撮影されました。
マリの目は開いていましたが、それは白内障のおかげで殆ど見えてはいませんでした。

姫野容疑者はこのような話を滔々と語ったという。姫野容疑者は尋常小学校は卒業していたが、日本語を書くことさえおぼつかず、ましてや外国語の習得歴や海外渡航歴もなく、現在は生活保護で暮らしているということだった。このような情報をどのようにして得たのかは捜査中ということだった。

会社からの帰り道、ラッシュで恐ろしく混み合った埼京線で、私はネットの記事を貪るように読んだ。台風のせいで雨は降り続いていて、車内は濡れた傘と服のせいで湿っぽく蒸れた匂いが充満していた。

ネットでは谷容疑者は聖ヨアヒムの谷、姫野容疑者はラジウム・パレスの姫、と渾名されていた。

ラジウム・パレスの姫が廃炉資料館のマリ・キュリーの家の前で捕まったことは、実は予め予定されていたのではないか、という説が話題になっていた。

ラジウム・パレスの姫はこう語ったという――
マリ・キュリーはなぜ、あれほどまでに大変な仕事を成し遂げることができたのでしょう？

彼女は理論上では、放射性物質ラジウムの存在を、もうずっと以前に証明していたのです。

しかし、それを発表したとき、化学者たちは、口を揃えて、こう言ってのけたのです。

「原子量がわからないなら、ラジウムは存在しないも同然だ」

「ラジウムを見せてくれたまえ。そうしたら信じよう」

というのも、彼らが新しい元素の存在を認めるのは、その元素を見て、触れて、重量をはかり、調べ、いろいろな酸と突きあわせ、フラスコに入れ、その〈原子量〉を決定したときだけなのだから。ラジウムを見た者は、まだだれもいない。

そこで、彼女は、決意したのです。

ならば、目に見えないそれを、その目に見せて、あげるから。

あなたたちが、目に見えず、触れることや重量をはかることのできないそれを、存在しないも同然だなどと見なすなら。

電車で前に立っていた女の濡れたビニール傘が私の紺色のズボンの上にべたりと張りついたが、私はそれを押し戻しながらスマートフォンをスクロールし続けた。

まとめサイトにあったラジウム・パレスの写真を一枚一枚タップして拡大してゆく。

現在のチェコ、ヤーヒモフ、聖ヨアヒムの谷の地にあるラジウム・パレス。

世界ではじめてのラジウム・スパ・ホテル。オープンは１９１２年。ブッキングドットコムなら宿泊は日本円で一泊1万4798円。

旅行サイトに投稿されていたホテルのエントランス写真が幾つも引用され、検証されていた。

シャンデリアの下に飾られた科学者マリ・キュリーの白黒肖像写真には、赤丸と矢印がつけられる。

記念プレートのテキストが自動翻訳されて貼り付けられている。

このヤーヒモフ　聖ヨアヒムの谷の地から掘り出されたピッチブレンド〈不幸の石〉(学術名は閃ウラン鉱)から世界ではじめての放射性物質ラジウムを取り出すことに成功し、ノーベル賞を二度受賞した科学者マリ・キュリー女史は、1925年6月16日この町を訪れ、このホテルに滞在した。

金の縁取りが施された大きな鏡、RPのマークが刺繍されたバスローブ、赤い血が滴るように見えるカクテルラジウム・パレス、パティオに置かれた光の輪を背負った女の彫像。

遥か遠い場所の写真をスワイプし、震えた。

写真を前に、母がこの場所を訪れたという事実が目に見える形で突きつけられ、私の不安を搔きたてた。

まとめサイトには、ラジウム温泉ブームは実は日本へも到来していた！　として、福島県飯坂のラジウム温泉もまた臨時列車が出るほどの人気だったと解説され、今回のテロとの因果関係まで憶測されていた。ページの隅では、飯坂温泉ラジウム玉子のキャラと、全国の温泉のラジウム含有量調査を陸軍省医務局長森林太郎として実施した作家森鷗外のアニメ風の似顔絵が添えられていた。

実のところ、これはトリニティによる、壮大なテロ計画のはじまりにすぎないのではないか。

これから、もっと酷いテロが、トリニティの手で、巻き起こされるのではないか。

次の標的は、オリンピックの聖火リレー?! それとも開会式か?!

噂ばかりが飛び交っていた。


スマートフォンから視線を上げると、私の目の前でもスーツを着た中年の男が額から汗を流しながら、やはり貪るようにしてスマートフォンをスクロールしていた。画面を覗き込むと、いやに派手な蛍光ピンクやイエローの星ばかりが目立って見えた。Reのブログだった。

姫野容疑者の孫娘Re。

検索すると、Reがラジウム・パレスの姫をそそのかした張本人! Reこそがテロリスト! という赤いゴシック体の太字が躍るページが出てきた。そこにはReのメールアドレス、住所や電話番号、通った小学校の写真まで晒されていた。

Reの暴挙を許さない! 平和な日本を取り戻そう!

駅からタワーマンションへ続く道を歩く途中、道沿いには、市松模様の五輪旗と、ブルーとピンクの近未来ロボット風のマスコットキャラクターがプリントされたオリンピックの旗が雨に濡れていた。

確か、そのピンクの方の設定は「見るだけで物が動かせる」だった。

けれど、目に見えざるものは、このキャラでさえ動かせない。


その夜も、私はいつものように母の身体の穴という穴の中を、隅々までチェックしてから、パジャマに着替えさせ、電動ベッドに横たえさせた。母の浮腫《むく》んで乾いた足にヒルドイドクリームを塗り込みマッサージする。それから、娘を呼び寄せ、私と娘で母の足を片方ずつ抱え、交互に前後運動を繰り返させた。娘は耳にはイヤフォンを差し込んだままの格好で、その運動を手伝った。

真夜中、私は何度も目が覚めた。というより、はじめから一睡もできていなかったような気もする。

このマンションへ引っ越すにあたって新調したベッドの上で何度も寝返りを打ちながら、薄暗闇の中、真っ白な壁のクロスのエンボス模様を見つめた。

もう、そこには薔薇模様の壁紙も、額縁に入れられた写真も、浮き出た大きな黒い染みもない。

もう、窓の外には、無花果の木も、ゴミ袋も、見えない。

窓ガラスの向こうでは、ただ暗闇の中で、雨粒だけが音もなく落下していた。

ゴミはみんな捨てたし、データは消したのだから。

私は眠れないまま、充電コードを繋げたスマートフォンを手に取る。

検索しはじめる。

トリニティ
気づくと私はもう何回も、何十回も、その同じ文字ばかりを検索窓に打ち込んでいた。

トリニティ、トリニティ、トリニティ
スマートフォンの液晶画面の光だけが、あたりを照らし出す。

私は、トリニティの老人とその症状について書かれたものを読む。

トリニティのセルフチェックリストをチェックする。

よく知っている道で迷ったことがある。

その日に食べた朝食を思い出せないことがある。

道に落ちている石を衝動的に手にしたことがある。

母がトリニティではないという答えが出るまで、そのチェックリストをチェックし続ける。

検索を繰り返す。

トリニティ
祈るようにして検索窓に文字を打ち込み続ける。

トリニティ、トリニティ、トリニティ
キリスト教で、父と子と聖霊の三位一体の意。

けれど、Googleは神ではないから、私の不安には答えてくれない。

トリニティ

世界ではじめての原子爆弾爆発実験が行われたアメリカ、ニューメキシコ州、ホワイトサンズ実験場の名でもある。

トリニティ

そうして私がネットを彷徨ううちに辿りついたのは、いずれのトリニティでもない、トリニティだった。

サイバーセックスサイト。

トリニティ

サイバーセックスだなんて、映画「マトリックス」みたいなものを想像したが、サイトは白一色の地味な作りで、中央に黄金色の逆三角形のマークだけが光っていた。

それは、女の卵巣と子宮を結ぶ形のようにも見えた。

今なら登録後三十日間無料。

12:30

駆け込んだ会社のトイレは、しんと静まりかえっていた。いつもだったら化粧直しをしているはずの若い女子社員たちも、今日はいなかった。休日出勤のうえ、ランチへも出かけずに社内にいる女は、満千代さんと私のふたりきりだった。

便座に腰掛けると、今朝コンビニで買って貼り付けたナプキンはいまや血みどろだった。

私は溜息を吐きながら、片手でナプキンを外し床へ置き、もう片方の手で顔の前にスマートフォンを翳す。

目に見えない力で鍵が外れるようにロックが解除され、ホーム画面が立ち上がる。

Reを検索する。

薄暗く畳も壁も黄ばんだ部屋の写真が現れる。二畳ばかりのキッチンと畳敷きの六畳間。押し入れには洋服やプラスティック製の日用品らしきものたちが几帳面に詰め込まれ、床には布団が敷かれたままになっている。その布団を取り囲み、円を描くように並べられた銀色の四角い物体——Reの「作品」と称されるもの——と、黒光りする石。背景には、プラスティック製のハンガーに派手なピンクのブラジャーと下着が整然と干され垂れているのが映り込んでいた。

ミステリーサークル！！！

平成さえ終わっているのに未だ昭和かここは?!

そんなコメントが添えられ、Reとラジウム・パレスの姫が暮らしていたという部屋の写真がネットに流出していた。

ネットの解説によれば、警察と報道陣が押しかけたラジウム・パレスの姫とReが暮らす部屋は、この街の西側にあった。新築の住宅が建ち並ぶ真ん中に、アパートはいかにも取り残された格好で朽ちかけていた。

Reはこの十年あまり、そのアパートの一階にある一室で、その祖母と文字通り布団を並べて眠っていたという。

Reこと姫野真琴四十一歳は、祖母の介護を理由に派遣で働いていた会社を辞めていて、その後は、主に祖母の年金と生活保護で暮らしているということだった。

Reは祖母の生活保護の金を搾取し、作品と称するゴミを作り、テロをそそのかした鬼畜。

Reはテロの共謀罪で逮捕すべき。

そんな書き込みが幾つもあった。

便座の上に腰掛けたまま、私はReについて書かれたページを開き、Reを責め立てる書き込みを、ひとつずつ読んでゆく。

介護のために会社だって辞めるだとか、我慢が足りなさすぎ。介護も仕事も頑張っている人たちに失礼だ。

他人の血税使って、アートだとか金返せ。生活保護なんて即刻停止すべき。

身体売って稼げばいいのに（あのブラジャーつけて♥）。

テロリストの老人を野放しにしたのは、責任感に欠けている証拠。

怠慢以外の何物でもない。

存在そのものが迷惑。死ね。死んで詫びろ。

Reへの攻撃は熾烈だった。

殺すぞ、という書き込みも幾つもあった。

Reは実は朝鮮人だとか中国人だとか、果てはユダヤ人だとかいうものまであった。

私はその誹謗中傷を読み漁った。

Reのアイコラに吹き出しがつけられ、gifアニメになっている。

吹き出しの中に丸文字が現れる。

善を欲しながら、
いつも悪をなしてしまう、
あのおなじみさんの一人です☆

私は恐怖と興奮で、それを読むのを止められない。

私の股の間からはまだ生理の血がだらだらと便器に向かって流れ続けていた。

トイレットペーパーで股を拭きながら、私は腰を浮かせる。

見えない力でボタンが押されたかのように水が流れ出し、私の生まれることのない三四二個目の卵子と、その卵子を迎えるために三四二回目の準備を重ねたものの使われることのなかった子宮内膜は、トイレの穴の闇の底へ吸い込まれ、消えていった。

けれど会社を辞めてしまうだなんて。

けれど家族の年金と生活保護の金で暮らすだなんて。

けれど身内がテロリストになるだなんて。

Reを心の中で非難すればするほど、私の不安は次第に小さくなってゆく。

けれどこれはReみたいな人間のやらかしたことなのだから。

Reは私とは違う人間なのだから。

Reは努力が足りなかったのだ。

Reがこうして責められ報いを受けるのも当然なのだ。

目に見えない人たちと一緒になって、私はReに唾を吐きかけ、Reへ石を投げつける。Re

を磔刑に処す。

私はReのブログを開き、プロフィールページにあったReのセルフポートレートをタップする。

星座模様のパフスリーブのブラウスに黒いフレアのミニスカート、頭には蛍光ピンクのヘアバンド。いやに長いつけ睫毛がつけられた切れ長の目でカメラを見下ろすような格好だ。年齢は四十過ぎだというが、さすがReは自称アーティストというだけある。

私はその写真を確認し、心の中で冷笑し、軽蔑し、完全に安堵する。

Reは、この女は私とは完全に違う人間なのだ、と信じられたから。

勢いづいてついでに、Reのブログの中にある作品GALLERYページをタップしてみる。

「Re：Re：Reの作品GALLERY」

そこには、自称アーティストのReが制作したという銀色の絵が、びっしりと隙間なく並んでいた。

「風景画1F」と題された作品だった。1Fというのは一階という意味ではなく、福島第一原子力発電所の呼び名らしい。キャンバスだと金が掛かるからと、木製パネルに直接アクリル絵の具で描かれているそうである。

それは、ただの銀色に塗られただけの板にしか見えなかったが、実のところ、銀色の絵の具の下には、花の絵が描かれているという。しかも、その花というのは、かつて東京電力福島第一原子力発電所構内にあった「野鳥の森」に咲いていた花だとか。

絵にはそこに描かれている花や植物の名前が、一枚一枚タイトルとしてつけられている。

コウライシバ、オオアレチノギク、ブタナ、ニワホコリ、チチコグサ、ヤハズソウ、ススキ、ヨモギ、ヘクソカズラ、オカトラノオ、アカマツ、ヤマハギ、ネコハギ、スギナ、メドハギ、スズメノヤリ、ヒカゲノカズラ、セイタカアワダチソウ、チガヤ、ツルマメ、ヒメムカシヨモギ、メヒシバ、ヒメジョオン、シロツメクサ……

どれも銀色に塗りつぶされていたので、みんな同じ銀色にしか見えなかった。

原子力発電所構内の放射線量を下げるため、木が切り倒され、雑草の生える地面が銀色のモルタルで覆われた。その風景を描写しているつもりらしかった。

だから何？　という突っこみでReを誂《からか》っている書き込みを幾つも見たことがある。

Reは放射脳。そう揶揄されているのをテレビでも見た。

私はアパートの狭い部屋の中、布団の上でいまはもう存在しない花をただひたすら描き続けるReを想像する。

制作途中の写真も何枚かは公開されていて、確かに、そこには蛍光ピンクやイエローを使った異様にポップでカラフルな花の絵が描かれていた。とはいえ、結局みんな銀色で塗りつぶされていたので、やはりただの銀色にしか見えなかったが。

スクロールしてゆくと、一番下にReのメッセージがあった。

Reはこのところずっと、この「風景画1F」の作品シリーズを描き続けています♪
原子力発電所の事故があった後、すぐに私たちはたくさんの写真や動画を目にしました。防護服に身を包んだ人々。瓦礫を覆い尽くすように生い茂る草花。死んでゆく家畜たちや野生の森のようになった住宅地を闊歩する、ダチョウやイノシシたち。

Reも勿論それを見ました。

それを目にして、胸を痛めさえしました。

実際、そんな光景が存在したことは確かです。

そう見えたということもまた、ひとつの真実であることには違いありません。

けれど、Reは気づいたんです。

そもそも放射能は目に見えやしないのです。

私たちの心と、おなじで、写真にも、テレビにも、映るはずもないのです。

なのになぜ、私たちは、そんな写真や動画を見たがるのでしょう。

なのになぜ、それが放射能に汚染された街の姿だなどと、信じられるのでしょう。

私たちは、それを見て、心から哀しみ、怖れ慄き、同情しました。

それと同時に、私たちは、安堵したのではないでしょうか。

それが私たちの暮らすこの街とは違うということを。

それがいかにも悲惨な土地らしくあることを。

その目に見て、確かめたかっただけなのでは、ないでしょうか。

私たちはそうして見たいものだけを見て、満足さえしたのではないでしょうか。

全てをもうこの目で見た気になったのではないでしょうか。

そしてもうそれを見ることも、見ようとすることさえしなくなり、それを忘れたのではないでしょうか。

ところで、この作品は、それぞれとても小さいものですが、花の絵はとても細かく丁寧にいっぱい描くので、１枚描くのには１ヶ月ほどかかることもあるんです。

やっぱりReは頭がおかしい。私は心の中で呟いてから、スマートフォンの画面を消した。カチリという音を立て、画面が闇になる。

黒光りするその塊をトイレットペーパーホルダーの上に投げ捨てるように置き、私は便座から立ち上がった。

そもそも、何も見えない絵の、いったい何を見ろというのか。

中腰のまま後ろを振り返る。胸のざわつきを抑えられなかった。

棚には女性社員たちがそれぞれ置いているポーチが並んでいた。私は黒いナイロン製のポーチから真新しいナプキンとタンポンを取り出す。そしてトーチのかわりに、あそこにプラスティック製のタンポンを挿入する。

血みどろになったナプキンとタンポン、タンポンのプラスティックケースを指先で摑んで丸め、トイレットペーパーで包む。

トイレの隅にあるプラスティック製のサニタリーボックスの蓋をあけると、そこにはすでにナプキンが捨てられていた。私の他にも生理の女がいるということだった。富ちゃんは布ナプキンを使っていると言っていたので、他のだれかが生理なのだろう。満千代さんも、リイさんも、いつもと変わらない素振りで平然と仕事をしていたが、その股の間からは、いまこの瞬間にも血を流しているのかもしれない。私は奇妙な連帯感を覚えながら、トイレットペーパーで包んだナプキンをナプキンの上に載せるようにしてサニタリーボックスの蓋を閉じた。

トイレットペーパーホルダーの上には、スマートフォンの黒々とした画面だけがあった。

なのに私の頭の中からは、あの銀色の絵が、「風景画1F」が、少しも消えなかった。

九年前のあの薄暗い春。

蟬の鳴かなかった夏。

そういえば、佐々木さんのおじいさんは、あれからしばらくして死んだのだった。

なぜ、あんな重苦しい過去を、わざわざ思い出さなくてはならないのだ。

捨てたはずのものを、忘れたはずのものを、地底深くに埋めたはずのものを、掘り返さなければならないのだ。

私は腰を浮かせ、真新しいナプキンが装着された下着を臍の上まで引っ張り上げる。

そのままの格好でふたたびスマートフォンを顔の前に翳す。

トリニティのサイトを立ち上げると、私は両手でテキストを打ち込む。

＜またしたくなってきた

＜あそこを舐めてもらうところ想像しながら触ってる

＜ケルベロスなんだから得意でしょう?

それから犬の絵文字を送ろうとしたが、そこには絵文字さえ入力できなかった。

ああ。

私は溜息ともつかない声を実際にあげ、便座に腰を下ろしケルベロスからの返信を待った。

トイレの中で光を放つ画面を食い入るように見つめる。

今日に限って、ケルベロスからの返事はなかった。

ケルベロスがテキストを打ち込んでいる……の文字さえ見えなかった。

これまで、すぐに返事がこなかったことなんて、一度もないのに。朝でも、真夜中でも、大概ケルベロスはすぐに返事をくれたのに。

私は苛立ち、何度もページをリロードしたり、タップしてみる。

けれど、同じことだった。

私はふたたび腰を浮かせ、膝のところにわだかまったままのズボンを引き上げると、ポケットにスマートフォンを押し込んだ。

その途端、トイレの蓋が目に見えない力で引っ張られたように唐突に閉じて、腰にぶつかった。


トイレから戻ると、満千代さんとタッキーはもう弁当を食べ終えていたが、まだ聖火リレーを観続けているようだった。

満千代さんは、ふらつきながら席へ戻ろうとする私を見るやいなや声をあげた。

ちょっとお、顔が土色じゃない。どうしたのよ。

タッキーもモニタ画面から目をあげ、私を見ると眉を顰めた。

やだ、大丈夫ですか？

私は、いいえ、ただ貧血気味なだけですから、と答えようとした。ところがなぜかうまく口が動かず、きちんと喋れないまま、舌だけがもつれたような格好になった。

満千代さんは私を凝視したまま、目を見開いた。

ていうか、呂律まわってないじゃないの。うちのじいさん、脳卒中やったんだけど、最初やっぱり呂律がまわんなくってそんな感じだったから、気をつけてちょうだいよ。そのうち手足が痺れて、最後は吐き気がきて、そのまま救急車よ。

タッキーは、満千代さん縁起でもないやめてくださいよ、あんまり脅かしたらかわいそうですよ、脳卒中なんて年でもないだろうし、と私に目配せをして、苦笑した。その前歯の隙間には人参が挟まっていて、確かにタッキーが食べていたサンドイッチは人参のラペサンドだった。

満千代さんは真顔で、首を振った。

若くてもなるのよ。うちのじいさん命は助かったけど、あれで完全に記憶障害っていうの？　いまならトリニティの騒ぎになるところだったわよ。

それから弁当包みで弁当箱を包みながら、釘を刺すようにして言った。

ほんと気をつけて。ほら、芸能人のあの人もやってたじゃない、脳出血だか脳梗塞だったか。だれだっけ、ほら、あのギター弾く草食系の男……

タッキーは、もうー、と笑う。

ほら、満千代さんの方が余程健忘症じゃないですか。

私は死ねなかった満千代さんの祖父という人を、心から哀れんだ。脳卒中で頭も身体も使い物にならなくなるなんておしまいだ。唯一の救いは、満千代さんの祖父がトリニティにならなかったことくらいかもしれない。そう考えながら、私は身体を震わせ、こみあげてくる吐き気のことは忘れようとした。

とにかく、昼休みのうちに、大通り沿いにあるドラッグストアへ薬を買いにゆこう。


外へ出ると、太陽はいままさに真上にあった。影がない。よりによって、こんな時間に外を歩くなど狂気の沙汰だが、薬なしでは到底午後を乗り切れる気がしなかった。銀色の日傘を開き、両腕の黒い手袋を引きあげる。

道を渡ろうとしたところで小さなデモ隊とすれ違った。

横断幕を掲げた中年の人たちを先頭に、三十人ばかりの人たちが、各々プラカードや楽器を手に、隅々までくっきりと太陽に照らし出された道の真ん中を歩いていた。

No More 放射能
放射能をなくそう
放射 NO

その後ろには、聖火リレーよりもずっと少ない数のバイクやパトカー、警官たちが、のろのろとついていた。

大人と子どもだけでなく、老人たちの姿も見えた。

老人たちは、つばが広い帽子を被り、首に保冷剤が入ったタオルを巻いている人もいる。たまたま近くを歩いていた子連れの母親は、老人を見るなり手前の道へ避けていった。

私もなるだけ離れた場所で、デモ隊をやり過ごすことにする。

No More 放射能
放射能をなくそう
放射NO
シュプレヒコールが繰り返される。

私はそれを遠目で見ながら、放射能をなくすより先に、熱中症で老人たちの命がなくなるのじゃないかと思った。

放射能をなくそう、と言うけれど、そうできるものなら、どれだけいいだろう。

私はじりじりと焼けつくようなアスファルトの上でじっと立ち止まったまま、吐き気を堪える。

けれどいったいどうしたら、そんなこと、できるというのだ。

フィンランドにある放射性廃棄物最終処分施設「オンカロ」みたいに地底深く掘られた堅牢な施設を作ってそこにみんな埋めてしまえばいいのかもしれない。

あるいはコンクリートで固めてどこか遥か遠くの海の底へ捨ててしまえばいいのかもしれない。

しかしもはや、この世から、放射性物質をひとつ残らずなくすなんてこと、この世から、老人たちや、石たちを、ひとつ残らずなくすのと同じほど、難しいことのように思えた。

それに、どれほど地底深く埋めても、きっといつか、だれかがまたそれを、掘り出すだろう。

かつて〈不幸の石〉が掘り出されたようにして。

そこまで考えたところで、頭にバンダナを巻いた中年の男が駆け寄ってきて、私に白黒コピーのビラを手渡した。びっしりと手書きで書かれた小さな文字。気づくと私はそのビラを受け取っていて、それを激しく後悔したが、すでに遅かった。あたりを見まわしたが、ポストの隣にあったゴミ箱も、コンビニの前のゴミ箱も、テロ防止のために口が塞がれていた。

渋々ビラをバッグに押し込もうとした瞬間、石が覗いて見えてぎょっとした。

今朝会社へ行く途中の道で拾った石だった。ゴミ箱に捨てようとわざわざ拾い上げたのに、私はそれを忘れていたのだった。

私は咄嗟にビラで石を覆い隠すようにしてから、すぐさまバッグの口を塞ぐように閉じた。

コンビニの前では、母親に連れられた子どもたちがふたり、拾った石を耳にあて、老人の真似をしてみせては笑い合っていた。

もうお聞きになりました?

水素爆弾が爆発した後には、とてもいい匂いがするんですよ。

それはオゾンの匂いなのだそうですよ。

ドラッグストアで頭痛薬を買うと、レジの脇ですぐさま箱を開け、一回一錠のところを三錠一気に口の中へ放り込んだ。それをサーモス水筒の浄水で流し込む。それから外へ向かって歩きはじめたところで、ポケットの中のスマートフォンが震え、私は天井までシャンプーが並ぶ棚の前で立ち止まる。

着信画面には番号だけしか表示されていない。

恐る恐る通話ボタンを押し、スマートフォンに耳を押し当てる。

あの、先生のお嬢様でいらっしゃいますか?

耳の向こうに女の声が聞こえた。

わたくし先生には、大変お世話になっておりまして。

以前レース編みを長らく教えていただいておりました。

話によれば女は、母がアンティークショップでやっていたレース編み講座に通っていた弟子のうちのひとりということだった。私が高校生だった頃には挨拶もしたことがあるとかで、いまはあのお嬢さんにお子さんがいらっしゃるなんて時が経つのは早いもので、などといかにも年寄りが口にしそうな挨拶をされたが、私は少しもそれを思い出せなかった。

突然のお電話をごめんなさい。光子さんにお電話番号伺いまして。

ほら、あのアンティークショップの。

ああ脱税の、と口をついて出そうになったが、ただ唸るような声が出ただけだった。

女はかまわず私の耳の向こうで喋り続けている。

ご連絡してみるかどうかすごく迷ったんです。けれども、このご時世でしょう? わたくし、先生のことが、急に心配になりまして。お元気でしたらいいんです。ただ……

女の声や喋り方は上品過ぎて少しも要領を得ない。ただ……と繰り返すばかりで、遂にはそのまま黙り込んだ。

ドラッグストアの店内に流れ続ける、やたらと明るいオリジナルソングが大きく聞こえた。目の前に並ぶシャンプーのボトルからは、人工的な花の香りが漂っていた。

女は、思い切ったように、口にする。

あの、先日の、なんと申しますか、ほら、昨今、あんな恐ろしいテロが続いておりますでしょう？　それに、オリンピックの開会式にテロがあるだとか、そんな嫌な噂もありますでしょう。

私は耳をそばだてる。

そうしますと、なんでしょう、この何もかもが、もう偶然には思えなくなってきて。万が一にも、先生が……いや、でも、それはただの偶然に違いないとは思うんです。

スマートフォンを握る私の手がじっとりと汗ばんでゆく。

電話の向こうで女は何度も口ごもる。

いえ、その、先生がほら、あの老人たちみたいなあれだとか、なんだとか、申しあげたいわけではありませんの。そもそも先生は、いつだってレースのどんな複雑な模様もテキパキと編んでいらしたのですから。ただ……

ただ……？

この女は一体全体何が言いたいのだ。シャンプーの香りのせいか、吐き気がこみ上げてきた。

ただ……

耳に押しあてたスマートフォンの向こうで女が大きく息を吸い込む音が聞こえた。

ただ、先生のブログ……わたくし、先程、先生のブログを拝見したんです。それで、いてもたってもいられなくなってしまったんです。もう長らく更新されていませんでしたでしょう。お身体のお具合が悪いのかと、大変心配しておりました。けれど、久しぶりに、ブログが更新されました、というお知らせがとどきましたので、大変嬉しい気持ちになりまして。さっそく主人のパソコンで拝見してみたんです。そうしましたら、その……そこにありましたのが、あの奇妙な長い文章だったものですから。いや、先生がお元気なようでしたら、ただそれでいいんです。

私は愕然としたまま、耳からスマートフォンを離した。私はすぐさま画面をタップし、ブラウザを立ち上げる。ブックマークをスクロールする。幾つも並ぶリストの下に埋もれかけている、母の「レース編みダイアリー」を掘り出し、タップする。スマートフォンからは、女がただひたすら喋り続けている声が微かに聞こえていた。

白い画面に小さな円が表示され、ブログが読み込まれてゆく。それを待つ時間が、無限に長く感じられた。

ドラッグストアの店内はクーラーが寒すぎるほど効いていたが、私の手と額からは汗が流れ出し首を伝って落下した。

レース編みの写真がひとつまたひとつと表示されてゆく。

水色のカラーペーパーの上に置いて撮影されたレース編みのベスト。

時計の下に敷かれているパイナップル編みのドイリー。

私は息が止まりそうになる。

7月16日　月曜日

ひと晩中、近くの池でカエルが交尾して鳴いています。

はげしい風と雷雨がようやくおさまり晴れまがあらわれる、夜明けの5時。

男たちがそれぞれポケットから金を取り出し、かけをはじめました。

さあて、これから生まれるのは、**男の子**か、それとも、**女の子**か？

男の子に1ドル。

女の子に1ドル。

……

あの「日記」だった。パソコンの中にしまわれていたはずの、母の「日記」だった。

私は、私たちは、このファイルを、ゴミ箱に捨てたはずだったのではなかったか。

母のパソコンから、完全に消去したはずではなかったか。

投稿の日時は、2020/7/24 12:00:00、今日のちょうど正午であった。

私はそのきっかりゼロが並んだ数字を見ながら目眩を覚えた。

予約投稿だ。

母はこれをもうずっと前から、この日のこの時間に公開すべく、予約していたのだ。

なぜ私はそのことに気づかなかったんだ。

几帳面だった母は、毎週決まった時間にブログが更新されるように、必ず投稿日時を指定して投稿していたのだ。

私たちは、パソコンのデータを消去しただけではダメだったのだ。

ゴミ袋は何度も確認したのに。なぜ、このブログをきちんと確認しなかったのだ。

手の中のスマートフォンからは、未だ女の声だけが聞こえ続けていた。

投稿には早くも幾つかのコメントがつけられていた。

私は慄きながらひとつひとつタップしてゆく。

クロッシェレースのかぎ針は何号を使っていますか？

あまりにも場違いな質問。

その次のコメント。

うちの母（83歳です）も最近こちらに書かれているのととても似た話を、繰り返すようになりました。認知症もあるので、心配です。たまたま検索の途中で、こちらのページにいきあたったので、コメントを書かせていただきました。

さらにかぶせるようにして別のコメントが続く。

横からすみません、私の夫の父も同じく、似たようなことを喋り始め、不安です。ツイッターで話題になっていたのでこちらのサイトへも来てみました。知恵袋などにも投稿したところ、トリニティの病気に違いないので病院へ行くべきだと言われましたが、義父は病院へなど行きたくないと言い張っています。

コメントはまだ続く。

ところで、この金糸で編まれたドイリーは、ガジェットのコアのかたちを編んでいらっしゃるのですよね？

コメントはさらに続いていた。

私は恐怖に駆られ咄嗟に電話を切ると、スマートフォンの画面を閉じた。

画面が暗くなる。

しかし、いくら目の前でその画面が消えたところで、実際には何も消えたわけではないのだった。

いますぐブログを消去しなくては。

管理画面のパスワードも、あの家の電話番号だろうか。

私は深呼吸を繰り返す。それから、はっとして、ふたたびスマートフォンを立ち上げる。

ツイッターを検索しながら、血の気が引いてゆく。

トリニティ、トリニティ、トリニティ
母のブログのキャプチャ画像がすでに幾つも出回っていた。

これは、トリニティの老人による、新たなテロ予告なのではないか。

幾つもの憶測や、これまでのテロと関連づけられた解釈が添えられていた。

私はその場でよろめいた。

そのひとつひとつを、全てを、果たしてどうやって消せばいいのだろう。

このブログを投稿した人物が特定されるのは、その家族のメールアドレス、住所や電話番号が晒されるのは、もはや時間の問題だった。

ひょっとしたらＩＴに強い妹なら、何とかできるかもしれない。

うまくやれるかもしれない。

けれどいったいどうしたら、ひとたびネットに漏れ出してしまったデータを、なかったことにするなんて、できるのだろう。

いったいどうしたら、この世界にある放射能を、石を、ひとつ残らず、みんななくすことができるのだろう。

私の手の中でスマートフォンが震えた。

妹からのメッセージだった。

お母さんがいなくなりました。

13:00

気持ちは焦っているというのに電車は各駅停車で決まった速度でしか進まない。妹からは、充電無くなる、というメッセージを最後に連絡が途絶え、娘の電話は何度掛けても呼び出し音が鳴り続けるばかりだった。

かわりに、会社と満千代さんの携帯からの着信が何度もあった。いまもまた私の手の中でスマートフォンが震えている。

あのドラッグストアを出てから、私は気づくとこうして電車に乗っていた。

これまで二十年近く無断欠勤ひとつせず真面目に働き続けてきたというのに、私は自分でもいったい何をしようとしているのか、わからなかった。けれど、これは非常事態に違いなかった。

いますぐ満千代さんからの電話に出なくては。ただ、ひょっとすると、満千代さんは、もうすでに母のブログを見て、この電話をかけてきているのかもしれない。そう考えた途端、恐ろしくなり、私は通話ボタンに指を触れることさえできそうになかった。

わかっている。私だってわかっているのだ。このまま万一、仕事をクビにでもなったら、私の年では再就職だって難しいだろう。妹に頼れば、なんとか生きてはゆけるだろうか。更地にしたあの家の土地だってまだ売れていない。マンションのローンはどうすればいい。そんなことを考えているうちに、手の中でスマートフォンの振動は息が絶えるように静止した。

私は不安を拭い去るように検索をし続けた。指が震えてうまく反応しなかったし、目も霞んだが、私は母のブログのコメント欄をひたすら読み続けた。

そこにはトリニティと思しき老人たち、その家族が次々と集まってきては書き込みを残していた。

ネットに母のブログのキャプチャ画面が流出してからは、更にそれが加速しているようだった。中にはトリニティの老人たちに対する誹謗中傷や、テロリスト！　などという暴言まで入り混じり、いまやとてつもないコメント数にまで膨れ上がっていた。

ツイッターでは、聖ヨアヒムの谷と、ラジウム・パレスの姫、そして母のブログとの繋がりが、あれこれ憶測されては呟かれていた。

トリニティの老人たちによる、重大なテロ予告。

老人たちを警戒せよ。

オリンピック開会式で、テロが起きるかどうか、という予想や賭けがいくつも行われていた。

野村萬斎のボディーガードが増員されているらしい。

小池百合子の車は防弾仕様だとか。

ガイガーカウンターとヨウ素は必携。

トリニティ、トリニティ、トリニティ

私の手の中で、ふたたびスマートフォンが振動しはじめる。

また登録されていない電話番号からだった。

だれかが母のブログを見たのかもしれない。

あるいはネットのどこかでは、すでに私の電話番号が晒されているのかもしれない。

手の中で振動が続いている。

意識が遠のいてゆく。

母を探さなくては。

電車が次の駅に停車し、それぞれ、やたらと派手な赤い花柄とドット柄のシャツを着て、髪を黒く染めた女の老人がふたり乗り込んできた。そのリュックの外ポケットには水筒と小さな日の丸の旗がささっていて、どこかのライブビューイングへ向かうところなのかもしれない。ひとりが優先席へ腰掛けようとしたところで、もうひとりがそれを制止する。

あんなところへ腰掛けるなんて駄目よ。

あらいやだ、危ない危ない。

ふたりは、優先席へ腰掛けるのをやめて、私の向かいの座席へ腰掛ける。

それから両方の手を大きく膝の上に広げた。それは銃や凶器を持っていないと示す仕草にも似ていた。〈不幸の石〉を手に持っていないというポーズだ。

近頃の老人たちはこうして自衛する。

老人たちはできるだけ老人に見られないよう、若作りする。白髪があればすぐに染めた。不用意に立ち止まらない。話を何度も聞き返さない。迷っても道を聞かない。手をポケットに入れない。

若く健康で元気に見えるかどうかが重要だった。そのために最大限の努力をすることが求められていた。

努力を怠れば、老人だと、トリニティだと見做され、突然殴られたり、襲われたり、通報だってされかねない。そしてそれは自己責任の問題だった。

とはいえ、この目の前のふたりは格好ばかりが派手で、私の目には、やはり老人にしか見えなかったが。

髭が生えているアラブ人がみんなビンラディンに見えるというアメリカ軍の兵士とおなじで、私にとっては自分より年上の人間はみんな老人に見えるのだ。

ふたりの老人はわざと大きな声で話す。

まったく、トリニティのおかげで、おちおち電車にも乗れやしない。

全く、これまで真面目に年を重ねてきた私たちばっかりが、割を食うわね。

ドット柄のシャツを着た老人が眉間に皺を寄せる。それから、ひそひそと声をひそめて言った。

でもあれ、放火だったっていうじゃない。

窓の向こうには住宅街が広がり、光と影が複雑な模様を織りなしていた。

電車がゆっくりとカーブする。震える手で握りしめていたスマートフォンにニュースサイトからの通知が届く。

通知をタップすると、動画が自動再生された。

Reが炎上していた。

物理的に、燃えていた。

あのラジウム・パレスの姫とReが暮らしていたアパートが燃えていたのだった。

姫野容疑者は取り調べを受けている最中だったので、アパートにはいなかったという。

アパートに戻っていたReと、隣の部屋に住んでいた老夫婦の三人が重度の火傷を負った。

老夫婦は死亡、Reは全身に火傷を負ったものの一命は取り留めたということだった。

幸い他の部屋の住人は、既にアパート取り壊しのために立ち退いていて、居なかった、という。

アパートは木造だったのでたちまち火がまわり、大きな炎に包まれた。

画面の向こうで、その炎は、光を放ちながら、聖火よりもなお、大きく、眩く、光り輝いていた。

消防車がやってきたが、放水する水よりも炎の勢いの方がずっと強かった。

屋根が崩れるようにして焼け落ちる。

それと同時に、建物の裏にあった巨大な菩提樹の木と、その向こうに整然と建ち並ぶ真新しい住宅が覗いて見えた。

私はその動画を見続ける。

このアパートがなくなれば、土地はようやく区画整理を完了することができるだろう。死んだ老夫婦だって、なんなら火葬の手間さえ省けたのかもしれない。そして、この場所には、真新しいマンションが建てられることになるだろう。

放火らしかったが、これに感謝する人の方が多いのかもしれない。

老人をふたり始末し、テロリストと共謀していたReに酷い火傷を負わせることまでできたのだから。

しかしReは、きっと、死なないだろう。炎に焼かれ、ケロイド状に焼けただれた肌になったまま、生き続けるだろう。これから先、何年も。この一連の事件が、オリンピックが、万博が、みんな過ぎ去り、だれひとりこのことを思い出さなくなっても。その肌を晒しながら、Reは生き続けるだろう。

Reのブログを開く。

更新は数日前から止まったままだった。そこに載せられているReのセルフポートレートを見る。以前と変わらず、星座模様のパフスリーブのブラウスに黒いフレアのミニスカート、蛍光ピンクのヘアバンドをつけているものだった。写真の下に、短い自己紹介文が添えられていることに気がついた。

Reです。

「人は、自分の理解できないことをあざけるものだ」なんて、ゲーテは、いつもうまいことを言うね。

シャーロック・ホームズの台詞です。


やっぱりReは頭がおかしい。私は心の中で呟こうとしたが、うまくいかなかった。私は怖くなって、咄嗟に画面を何度もタップし、Reの顔写真を拡大してみる。

私の頭の中には、あの銀色の絵が甦る。

あの銀色に塗りつぶされた、何枚もの絵。

塗りつぶしても塗りつぶしても、決して消えない草花。

もう何も見えなくなっても、決して消えない草花。

電車の目の前の座席では、ふたりの老人たちがお喋りを続けていた。

怖いわね。

でも、トリニティになってまで生き延びるなんて、本当に惨めよね。

他人様にまで迷惑かけて、生き続けるなんて、あたしは絶対に嫌。

迷惑をかけるくらいなら、死にたいわ。

ぽっくりとね。

私の手に汗が滲んでゆく。

迷惑をかけるようになったら、もう、おしまいなのだ。

下の世話で迷惑をかけないためには、予め脇毛と陰毛を永久脱毛しておけばいいらしい。

トリニティになって迷惑をかけないためには、予めいったい何をしておけばいい？

息が苦しくなってくる。

存在そのものが迷惑。死ね。死んで詫びろ。

けれどReは死なない。


駅を降り改札を出たところで、ちょうどブラスバンドの演奏がはじまろうとしていた。娘の通う中学の吹奏楽部のメンバーたちがピンク色の提灯が吊るされた屋根つきの舞台に上がっていた。舞台の上にはパイプ椅子が半円を描くように並べられている。

中学生たちは、オリンピックの市松模様のマークがプリントされた揃いのTシャツを着て、下は制服のスカートやズボンを穿いている。娘の同級生もいて、何人か見知った顔もあった。私は隠れるように人混みの中へ潜り込んだ。

トランペットとトロンボーンが音出しをしている。

太陽が照りつけている。私は日傘を右や左に傾けながら、見物に集まりつつある大勢の人たちの間を逆流するようにして、進んでゆく。

母はいったいどこへ行ったのだ。

老人の徘徊。徘徊、というのは、正しくない表現だと、ケアワーカーに教えられたことがある。

みんな目的なく彷徨っているわけではないのです。どこかへ行こうとしているのです。

ただその途中で、道がわからなくなってしまう、だけなのです。

缶ビールを手にした男が額から流れる汗を首に掛けたタオルで拭っている。

大きなつばの帽子を被った女が三脚を立ててビデオカメラを構えている。

熱気と汗と日焼け止めの匂いが混ざり合う。

大きな拍手。

ファンファーレが鳴り響く。

私はそのファンファーレから遠ざかるようにして、進む。

群衆の向こうへ抜けると、ロータリーの隅に停められている福祉施設のマイクロバスが見えた。

その車体には黒色のスプレーで大きく落書きがされていた。

　わたしたちはテロリスト！

私は心臓が止まりそうになる。

日没

廃墟のなかで、ふと気がついて、とりわけぞっとしたのは、街の瓦礫の間からのび、溝に生え、川岸に茂り、瓦やトタン屋根にからみ、黒焦げの幹に這いのぼり、すべてを埋めつくしたのが、新鮮で生き生きとした、みずみずしい天衣無縫の緑だったことだ。青々としたバラが、つぶれ去った家々の土台にさえ生えていた。雑草はすでに灰燼を隠し、死都の骸骨の間に野の花が咲き乱れている。爆弾は植物の地下の組織には手を触れなかったばかりか、そこに刺激をあたえたのだ。あちこちに、ヤグルマギク、ユッカ、アカザ、アサガオ、ワスレナグサ、ダイズ、マツバボタン、ゴボウ、ゴマ、キビ、ナツシロギクを見かけるのである。ことに市の中心に一円を描いて、ハブソウがすばらしい勢いで再生していた。黒焦げの残骸の間に伸びているばかりでなく、いままで生えていなかった煉瓦の間やアスファルト道の割れ目を抜いて、萌え出ていた。まるで、この草の種子がひと車、爆弾といっしょに落ちたかとさえ思われた。

「ヒロシマ」
ジョン・ハーシー

静まり返った病室のそれぞれのベッドのまわりにはクリーム色のカーテンが引かれ、その向こうにはテレビの光だけが広がっていた。私は肩で息をしながら病室へ駆けこんだ。一番奥の窓際、母がいたはずのベッドだけカーテンが開け放たれ、剝き出しになっていた。私は黒い手袋を嵌めた片手にスマートフォンを、もう片方の手には日傘を握りしめたまま、仁王立ちになって空のベッドを見た。病室はクーラーがきいているにもかかわらず、額からは汗が吹き出し止まらない。汗は頰を伝い、リノリウムの床へ向かって落下する。

娘はパイプ椅子に腰掛け、スニーカーを履いたままの足をベッドの柵に乗せ、口を半開きにしたままテレビの聖火リレーを見あげていた。手前に置かれたキャスター付きの机の上には妹の iPad が立てかけられ、そちらでも動画が音もなく再生され続けている。

時よとまれ　君は美しい

ミュンヘンの17日

オリンピック・チャンネル・スペシャル特番

動画の右脇には白抜きの文字でタイトルが表示されていた。猛スピードで走る男たちの姿がひたすらスローモーションで捉えられたカラー映像が流れていた。男たちの頰が、腕が、足が、風を切りながらゆっくり歪んでいる。一瞬が、限りなく長い時間に引き延ばされる。

いま、私の時間もまた、ちょうどこの映像のように、刻一刻と拷問のように引き延ばされているように思えた。

　時よとまれ　君は美しい
私はそのタイトルを痺れる口の中で小さく呟こうとしたが、相変わらず呂律がまわらなかった。

ミュンヘンオリンピック。

私は、世田谷の一軒家に住む澤田さんが、そのオリンピックの話をしていたことを思い出す。

そうだ、このミュンヘンオリンピックでは、テロが起きていたのだ。

私は流しの下で浄水器のナットを六角レンチで締めていて、澤田さんは白髪を薄紫色に染めた髪を撫でつけながら言ったのだった。

この街がパレスチナになったのかとおもいましたよ、といったってね、あなたみたいな若い人は、パレスチナなんていわれても、わからないわよね。そうよね、ミュンヘンオリンピックなんてあなたまだ、生まれてもいなかったんじゃないの？

確かに私が生まれたのは、そのオリンピックよりも後のことだった。

　時よとまれ　君は美しい
男たちは、引き延ばされた時間の中で、スローモーションで全力疾走し続けていた。

澤田さんの話によれば、ミュンヘンオリンピックのさなか、パレスチナのテロリスト「黒い九月」が、イスラエルのオリンピック選手を人質にとったテロ事件が起きたということだった。それをみんなテレビ中継で観たのだという。最終的には人質の救出に失敗、イスラエルのオリンピック選手も、パレスチナのテロリストも、その殆どが死んだ。

あれは凄かったわ。正直、オリンピック競技なんて、もうどれも退屈に思えたくらい。

そうしてオリンピックが終わるか終わらないかのうちに、イスラエルがパレスチナへの報復をはじめる。イスラエル軍がパレスチナを徹底的に空爆する。テロリストを殺すだけでは復讐は終わらない。テロリストを生んだその地は、その地に暮らしている人たちは、徹底的に打ちのめされてゆく。

あの頃は、毎晩、主人とパレスチナについて、議論したものだったけれどね。

澤田さんは、カートリッジの取替が終わった浄水器の水をてきぱきと湯呑に汲むと、それを仏壇に運んでいった。それからマッチで蠟燭に火を灯すかわりに、ＬＥＤ蠟燭のスイッチを入れた。

物騒になったものよね。

いまどきは、この街でも、年寄りがみんな石を手に持って歩き回るだなんて。

スローモーションで走る男たちの映像が終わり、巨大なホルンを吹く男と民族衣装を着た女がカウベルのようなものを揺らす映像が映し出されていた。テロリストや人質の死体は映し出されない。

娘が私に気づいて、パイプ椅子を後ろへ傾けながらこちらを振り向いた。

ママ。結構早かったじゃん。

娘はベッドの柵に足を乗せたままあくびをした。

私は娘の呑気な態度に、腹の底から怒りが湧いてきた。電話にも出ず、なぜこんなにも平然としていられるんだ。

母がいなくなったというのに。

腕に嵌めた黒い手袋が汗で湿り肌に張りついたまま、じっとりと冷えてゆく。

しかし私の苛立ちをよそに、娘はパイプ椅子を揺らしながらこともなげに言い放った。

ていうか、おばあちゃんがうちのスマホ持ってってるから。スマホつうじないから。

見れば娘はその右手で、手持ち無沙汰にレース編みのベストをいじっているのだった。

そこにはいつも握りしめているスマートフォンもなければ、そこに貼られている「Death Be Not Proud」ステッカーも見えない。

私の口からは呻き声だけしか出なかった。

気が遠くなる。

スマートフォンを持って、母が逃げた。

なんてことだ！

つまり、これは、財布も持たずにふらりと出かけたのとはわけが違うのだ。スマートフォンがあれば、電車にもタクシーにも乗れるし、包丁だとかガソリンだとかを買うことさえできるのだ。

私が半ばパニックになりながら娘に摑みかかろうとしたときのことだった。足が縺れるようになって躓いた。日傘が机に打ち付けられる。肩に掛けたバッグが宙を舞い、中身が床へぶちまけられる。病室中に大きな音が響いた。私はそのまま床へ向かって落下する。

ママ、大丈夫?

娘はぎょっとしてベッドの柵に掛けた足を下ろし、跳び上がるようにして立ち上がった。

私は構わなくていいと身振りで示しながら、折れ曲がってしまった日傘を杖のようにして身を起こす。這うようにバッグの中身をかき集めてゆく。

カーテンの向こうはしんと静まり返ったままだった。

ただテレビの光の色だけが移り変わっていた。

目をあげると、テレビの中では聖火リレーが続いていた。

ビルの谷間を、ひとりの少女が走っている。
十一、二歳くらいだろうか。白いタンクトップ、蛍光ピンクのスパッツ姿にツインテール。右手には銀色のトーチを掲げている。炎天下を走り続ける少女の前髪は汗で額や頬に絡まるように貼りついていた。
白い煙が背後にゆっくりたなびき、沿道からは応援の歓声が上がる。

少女の後ろには、何台ものバイクやパトカー、警官たちがついて走っていた。

私は、その少女を見ながら、あの老人、Reの祖母、ラジウム・パレスの姫のことを思った。

あのテロリストの老人も、かつては東京オリンピックで聖火リレーを走ることを夢見た少女だった、とネット記事に書かれていたから。

哀れ! 幻の東京オリンピック、1940年紀元二千六百年祭で聖火リレーを走れなかった少女の成れの果て。

まとめサイトにはそんなタイトルが冠されていた。

あの老人も、かつて少女だった頃があったのだ。

やがてやってくるだろうオリンピックに、聖火に胸をときめかせ、夢と希望に満ち溢れ、
何にでもなれると信じられた、そんな頃があったのだ。

私の隣では娘も一緒になって、床にぶちまけられたものを拾い集めていた。

テレビの中の少女と娘を交互に見遣りながら、私はバッグの中へ手を入れる。

その瞬間、指先に硬く冷たいものが触れるのを感じた。

石。

今朝、躓き、捨てそびれたままバッグの底へ押し込んだ、あの石。

忘れていたはずの、あの石だった。

目の前がゆっくりと霞んでゆく。

あの老人が少女だった頃、少女雑誌で見て憧れたのは、ベルリンオリンピック。

あのアドルフ・ヒトラーが先導する、ナチ・ドイツのオリンピックだ。

ギリシア、オリンピアの神殿跡では十一人の処女たちにより太陽の光が鏡で集められる。

ギリシア神話の神、プロメテウスが盗み出し、人間に与えた太陽の火。

聖火を甦らせるのだ。

その炎をトーチに灯す。

石に触れている私の指先から、微かな声が聞こえはじめた。

火は人の手から手へと受け渡される。世界ではじめての聖火リレー。

ギリシア、オリンピアの地から遥かドイツ、ベルリンへ。

12日間。ランナーの数は３３０８人。

その声は身体の中へ、頭の中へ直接囁きかけてくる、声ともつかない声だった。

私はびくりと身体を震わせた。

そうしながら、私は抗い難くその石に、声に、惹きつけられていた。

身体を屈め、石の方へと耳を近づける。

その瞬間、私の頭の中に、ベルリンオリンピックを前にした小さな町の光景が、くっきりと立ち現れた。

大勢の人たちが集まって見上げている。

赤い屋根の家の石壁に、はしごが立てかけられているのを。

そこにまさに刻まれているのは、オリンピックの五輪エンブレム。

添えられている年号は１９３６年。

最後の輪が完成すると同時に、大きな歓声があがる。

集まっていた人たちが口々に喋りだす。

その言葉はドイツ語だった。けれど不思議と私はその一言一言さえはっきりとわかるのだった。

五つの輪を見あげながら男が呟く。

それにしてもなぜ、聖火はテプリツェなんかへ行くんだ、カルロヴィ・ヴァリを通ればいいのに。

その隣で女が答える。

せめてオリンピックは無理でも聖火くらいは見たかった。ひと目だっていい。

別の男が大きな声をあげる。

あの格好いい親衛隊も一緒にやってきてくれればいい！

ベルリンはずいぶんと景気がいいって噂じゃないか。

聖火のルートは、7月31日午前1時プラハ、その後4時30分ストラシュコフ、6時15分テレジン、それから9時にテプリツェを通過する。一番近いテプリツェの町でも、この町からは一〇〇キロほどの距離がある。

ここは聖ヨアヒムの谷。

丘の上の教会へ続く、銀の道だった。

石壁に立てかけられたはしごが外される。

壁には、まだ真新しく刻まれたばかりのオリンピックのエンブレムだけが残る。

けれど、大丈夫。

私は知っていた。

ベルリンオリンピックの聖火はこの町へやってきはしない。けれど、ナチの軍隊だけは、いずれこの町へやってきてくれるから。

オリンピックから二年後、かつて聖火が通った道のりを逆流するようにして、ナチの軍隊が侵攻していた。

聖火がやってこなかったこの聖ヨアヒムの谷へも、ちゃんと軍隊だけはやってくる。

聖火リレーのトーチと同じクルップ社製の戦車に乗って、炎で人間を焼き払いながら。

ママ。

ママ、大丈夫？

気づくと、娘が不安そうに私の顔を覗き込んでいた。

私は我に返り、手に握っていた石を慌てて手放した。

娘は立ったままの格好で、眉間に皺を寄せながら、私を見つめている。

ママ、顔色悪いし……。

娘は心配そうに口ごもったが、私は大きく頭と両手を振り続けた。

娘はそうやっていつも、母だけでなく、私のことまで年寄りの病人扱いする。けれど、私はまだ若いし、これまでだって大病なんてしたことがないし、食べ物も水も、健康には、ひといちばい気を配ってきたのだから。

テレビを見上げると、画面の向こうでは、少女のツインテールが軽やかに宙を舞いながら揺れていた。

私は娘に気づかれないよう、再び石を拾い上げると、それをバッグの中へ忍ばせた。

聖火は、それから、ここへやってくる、はずだった。

バッグの中で石に触れた指先から微かな声が聞こえ続けていた。

ここ、東京へ。

１９４０年東京オリンピック。紀元二千六百年祭。

壮大な聖火リレー計画がぶちあげられる。

ギリシア、オリンピアから、アテネ、イスタンブール、アンカラ、テヘラン、カブール、ペシャワール、デリー、カルカッタ、ハノイ、広東、天津、ソウル、釜山。

聖火は人と騎馬により、ユーラシア大陸を横断し、遥か東、「日出ずる国」へ向かうのだ。

ラテン語の諺「光は東方から」は「光は西方から」へと、変わることだろう。

けれど、実際には、聖火は、ここへは、東京へは、やってこない。

オリンピックが開催されることもない。

私の指先からゆっくりと石が離れる。

石はバッグの奥底へと滑り落ちてゆく。

日本は実現しなかった聖火リレールートを遡るだけにとどまらず、さらにアメリカ、ハワイへまで侵攻していた。騎馬のかわりに爆撃機に乗って、炎で人間を焼き払いながら。

少女は年を取り、少女でなくなる。若さなど、そう長くは続かない。

ママ。

ママ。

娘が私を見つめていた。

私は娘が差し出したサーモス水筒を奪い取るように摑むと、浄水を口の中へ流しこんだ。

唇の端からは水が零れ落ちたが、それを拭うのさえ面倒だった。

ママ、病院行ったほうがいいよ。

娘は真顔でそう言ったが、そもそもここは病院なのだから。

私は丸椅子に這い上がるようにして、なんとかそこに腰掛けた。

机の上のiPadの中では、未だ、ミュンヘンオリンピックの動画が続いていた。リングに蹲ったり横たわったりしながら涙する敗北したレスリング選手たちの映像が無音のまま映し出されていた。

娘はただひたすら首を振り続ける私に向かって言った。

ママ。

娘が立ったまま私を見ていた。

それはあたかも私を脅迫しているようだった。

私は凍りついたまま、ただ恐る恐る娘を見返した。

果たして娘は、妹から何を告げられたのか。

あるいは、母のブログをすでに見たのだろうか。

いや、何もかもを、もはや知っているのかもしれない。

トリニティ、トリニティ、トリニティ

額からも脇からも汗が流れて落下する。

いや、けれど、もしかしたら、もっと全然別の話があるのかもしれない。たとえば、彼氏ができたとか。そんな冗談を幾つも思いついたが、少しも笑えなかった。

娘は吐き捨てるように呟いた。

ママは、うちのことだって……

カーテンの向こうではだれひとり身動きひとつしなかった。しかし、恐らくそれぞれべッドの中で耳をそばだてながら、緊張に身を震わせていることだろう。私たちがいなくなったらすぐさまガイガーカウンターであたりを調べて回るかもしれない。ちゃんと見ようとさえしない。

娘は机の上からiPadを取り上げると、それを指先で操作しはじめた。

私は娘が一体全体何の話をしているのか、もはやわからなくなってきた。けれど、ちゃんと見ようとさえしない、だなんて笑わせる。

私は娘の俯く顔をじっと見つめた。

私の腹から生まれたこの私の娘の何をこれ以上、見ろというのか。

私が母の腹から生まれでた瞬間からすでに、私の卵巣の中にはいずれ娘になるはずの卵子の卵、卵胞があったのだ。私は私の娘になる存在と四半世紀以上を一緒に生きてきて、さらに十年以上も、飽き飽きするほど毎日、娘のことを見ているのだから。

ふざけてる。

娘は私の目の前のベッドの上へiPadを放り投げるようにして寄越した。それから無言のままリュックを摑むと、こちらを振り返りもせずに病室を出ていった。

引き留めようとしたが、呻き声が漏れただけだった。

廊下の向こうに消えてゆく娘の姿が見えた。

真夏だというのに真っ黒い格好をして、何が入っているのかわからない黒くて縒れたリュックサックを背負い、そこにも「Death Be Not Proud」のワッペンが縫い付けられている。廊下の半分は影に覆われていた。けれど、娘が涙を擦る両目と、黒く短すぎる跳ね上がった髪と、白いレース編みのベストには、太陽の光が眩しいほどに降り注いでいるのが、一瞬だけ見えて、それから消えた。

私は愕然としたまま、ベッドに放り出されたiPadへ目を遣った。

画面には、この街の地図が映し出されていた。

青白く光を放つ球がゆっくりと点滅しながら、その地図の上を移動している。

その青白く光を放つ球がいったい何を意味するのか理解するまでにいくらかの時間がかかった。しかし、それがわかった瞬間、私は目を見開いた。

奇跡だ。

テクノロジーの奇跡だ。

母は娘のスマートフォンを持って移動しているのだ。iPadの中に映し出されているのは、GPSの位置情報を示したものだった。つまり、この光の球のある場所に、母はいるのだ。

光の球は、ゆっくりと東京の中心へ惹き寄せられてゆくようだった。

地図の中で明治神宮は緑色に塗りつぶされ、幾つかの駅名が表示されている。

私は、それを見つめながら、はっきりと理解した。

新国立競技場。

オリンピックの開会式会場へ、向かっている！

タクシーはゆっくりと進んではまた止まった。私はタクシーの後部座席に腰掛けながら、膝の上に置いたiPadの中で青白い光が点滅するのを凝視していた。タクシーは車高の高いJPNタクシーではなく、旧型の狭いタイプだったが、座席の前には液晶モニタがついていて、仕事探しの広告が音もなく流れ続けていた。

駅前で行われていたブラスバンドの演奏が、ちょうど終わったのかもしれない。駅の方からやってくる人波の中で車は立ち往生するような格好になっていた。

タクシーの運転手は白いグローブを嵌めたまま咳払いする。

いやあ、聖火リレーだとか、オリンピックだとか、テロ対策だとか、道路は毎日こんな調子ですよ。

バックミラーには、交通安全のお守りと一緒にオリンピックのピンクとブルーのマスコットキャラクターが吊るされ揺れていた。

運転手はミラー越しに私をちらりと見遣る。

あ、もしかして、新国立競技場だなんて、お客さん、オリンピック開会式行くの？

羨ましいなあ。

うちの嫁や娘なんかは、ほら、公園でやる、なんたらビュー、ほら、同時中継を大きなテレビかなにかで見れるやつあるじゃない。あれを、わざわざ観に行くらしいですよ。えらい、楽しみにしてましてね。

まあ、この仕事もオリンピックのおかげでなんやかんや大変だけど、大切なのは、お・も・て・な・し、ですからね。

私は眉間に皺を寄せたまま、その話に頷くのさえ面倒だった。

タクシーのメーターだけが音もなく上がってゆく。

810円　890円　970円
車のすぐ脇を、首や頭にタオルを巻いた人たちが額から汗を滴らせながら通り過ぎてゆく。眩しい太陽の光の中に、娘の中学校の同級生の少女たちが歩いている姿も見えた。少女たちは、それぞれ手にコンビニのアイスを持っていて、日に焼けた頬を火照らせながらじゃれ合っている。そのうちのひとりの白いTシャツの背にはブラジャーの紐が透けていた。窓の向こうで少女たちはただ笑いながら、こちら側にいる私に気づくこともないまま、過ぎて行く。

私は娘のことを思い出し、息が詰まりそうになる。

いったい、何を見ろというのか。

車内は、クーラーがききすぎていて寒かった。手が痺れたまま震えが止まらない。

私は苛立ちながら、広告が流れ続ける目の前の液晶モニタのスイッチのボタンを叩くようにして画面を消す。

タクシーはふたたびゆっくり走り出す。

駅前のロータリーの脇をゆっくりと過ぎてゆく。櫓に吊るされた蛍光ピンク色の提灯が眩しく見えた。

スマートフォンを顔の前に翳す。目に見えない力でロックが解除される。私は震える手で画面をタップし、トリニティのサイトを開く。

ケルベロスからの返事はなかった。

構わず私はケルベロスにメッセージを書く。

＜ケルベロス、いま、私、すごくあなたとしたいの

＜もしも、あなたがどこにいるのかわかったら、パンツを脱いだ格好で、あなたの家のドアをノックしたっていいと思うくらい、したいです

どうか、私の声を、聞いて欲しい。

私を救って欲しい。

必死に震える指先でテキストを打ち込んでいた。

何度も指が滑って失敗しながら、それでも打ち続ける。

＜ケルベロス、あなたに会いたいです

＜私は、ほんもののあなたを抱きしめて、あなたを入れたい

＜あなたを見たい

私は呼びかける。何度だって呼びかけるから。

実際、スマートフォンの文字パネルを押す時、私の震える指は、つねに十字を切っていた。

繰り返し十字を切り続けながら、文字を入力してゆく。

私は祈る。

ケルベロス、お願い、応えて。

どんな変態的なことでもかまわないから。

父と子と聖霊の御名によって、アーメン。

iPadの中では、光の球が、ゆっくりと地図の上を移動し続けていた。


タクシーはあちこち道を迂回した末、ようやく首都高速道路に乗った。

車がいっせいに勢いよく走りはじめる。ＥＴＣ車両のゲートを抜け、合流車線へ入る。

道の両脇には、茶色と灰色のビルが続いている。

谷底のような景色の中を進んでゆきながら私は、この首都高速道路は１９６４年の東京オリンピックのために造られた、とテレビでやっていたことを思い出す。まさに、父と母が、あの土地に、あの家を建てていた、ちょうど同じ頃、土が掘り返され、橋がかけられ、空港から道が一直線に繋がる。風紀上オリンピックにふさわしくないバーが一掃され、街から消えてなくなる。ゴミひとつ落ちていない街の上空の青い空には、航空自衛隊の飛行チームのスモークで五輪のマークが描かれる。

同じ時、母はあの庭に、無花果の木を植えたのだった。いずれその実を採ろうとしたがために、足を骨折することになる、あの無花果の木を、母は手ずからそこに植えたのだ。バーは軽食を出すスナックに名前を変え、無花果の木は立派に育ち実を結ぶ。もし、あのとき別の選択をしていたら、今は、今とは異なる今に、なっていただろうか。

白い一本の糸が、編み上げられてゆく。

金色のかぎ針を握った母の手の中で、糸は手繰り寄せられ、輪になり、絡められ、繋がってゆく。

小さなひと目ひと目が模様を織りなし、立ち上がってゆく。
1、2、3、4、5
かぎ針を動かしながら、母はゆっくりとその唇を動かす。

唇にはきれいに紅が塗られている。

若くて美しい母。

母は時折、思い出したように瞬きをする。

長い睫毛が揺れる。

黒い瞳がこちらを見つめる。

私はその姿に、息を呑む。

母は私をまっすぐに見つめたまま、黒光りする石に手を伸ばす。

黒光りする石は、大概は、ソファの肘掛けのところに、サイドテーブルの上に、置かれてあった。

サテンのスカートの膝の上には、金色のかぎ針と編みかけの白いレース。

母は黒光りする石を摑むと、ゆっくりと耳へ押しあてる。

目を閉じる。耳を澄ます。

まだ幼い私は母に尋ねる。

きこえる?

母はじっと目を閉じたまま、黙っている。

私も息を殺して待つ。

母がゆっくりと目を開ける。

きこえる。

それからふたたびかぎ針を取り上げ、レースの続きを編み始めるのだった。
1、2、3、4、5
母がレースに編んでいたのは、石の声だった。

ちょうどタペストリーに歴史の一場面を織り込むようにして。

だってわたしにできるのはレース編みくらいなものだから。

それにあなたたちが生まれてくるまでには、ずいぶん時間もあったから。

そうして、私たちが生まれる頃には、家のあちこちは、どこもかしこも母が編んだレースに覆われていたというわけだった。

妹はまだようやく歩きはじめたばかりで、指しゃぶりもしていたが、レースの編み目を濡れた小さな親指でなぞりながら、よく、けたけたと声をたてて笑った。

まるでそのレース模様に、どんな話が編みこまれているのか、はっきりとわかっているかのように。

私もつられて一緒になって笑う。

ああ、いつか、私にも、声が聞こえるようになったらいい。

こっそりと黒光りする石に手を伸ばす。ところどころ黒光りする石に指先を触れてみる。

石はひやりと冷たい。

母が石の声を聞く。

母はそのやり方をはじめから知っていたし、それを忘れたりしなかった。

トリニティの老人たちは記憶を失ってはじめて、石の声を聞く方法を思い出したけれど。

父は石を愛し、石に耳を澄ませる母を愛した。

父は、母から誕生日のプレゼントにもらった腕時計を、肌身離さず身につけていた。

父が私と妹を呼び寄せる。

ほら、ごらん。

ラジウム・ペイントの時計だよ。アメリカ Westclox 社製だ。夜光塗料としてラジウムを使っていた時代の、すごく珍しいものなんだ。

果たしてそれを光子さんのアンティークショップで見つけてきた母は、それがラジウム・ペイントとよばれ、強い放射線を放つものだということを、知っていたかどうかさえわからない。

父は腕時計の盤面にゆっくり手を翳してみせる。

影の中で、文字盤は、蛍光グリーンに光り輝いた。

私と妹は、わぁ、と声をあげ、目を見開いた。

母も一緒になって声をあげていた。

私たちはみんなでそこへ手を翳しては、闇の中に光が放たれるのを見た。

父は書斎から鉱石標本のガラスケースを持ってきて、ひとつの黒光りする石を取り出してみせた。

ピッチブレンド、閃ウラン鉱。

この中にラジウムが含まれているんだよ。

父は手のひらを広げてみせる。

そこには黒々とした石があった。

しかし目を凝らしてみても、それはただの黒い石にしか見えなかった。

グリーンじゃないし、光ってない。

私が口を尖らせると、父は笑って答えた。

この中に含まれているラジウムは０・０００１％。

目には見えないくらい、少しきりなんだ。

けれど、それをたくさんたくさん集める。

父は黒い石を握った手をゆっくり閉じる。

ふうっと息を吹きかける。

ゆっくりとその手を開く。すると、そこから石のかわりに腕時計が現れる。

するとほら。

ごく微かなものも集まれば、いつかこんなにもはっきりと目に見える、眩い光になる。

実際、父の手の中で時計の文字盤は、光り輝いていた。

あの黒い石の中に、こんなに美しいグリーンの光があるだなんて。

しかし、ラジウム・ペイントの時計がなぜもうつくられないかを私が知るのは、それからずっと後のことであった。

ラジウム・ペイントを時計の文字盤に施す工場で働く女たちが、その筆を舐めたおかげで次々被曝し死んでいた。貧血になり、顎の骨は砕け、その墓の下からは今尚放射線が検出されるという。

窓辺には花瓶やグラスが幾つも飾られて並べられ、太陽の光を浴び、眩いばかりの蛍光グリーンに輝いていた。窓の向こうには、まだ実もつけていない小さな無花果の木が青々とした葉を広げていた。


父の母である祖母だけは、母のことを気味悪がった。

祖母は封筒の中の金を何度も確かめながら、必ず私にこう耳打ちをした。

あんたのお母さんは、あれの声を、喜んで聞くだなんてね。

どうかしてるよ。

ああ、恐ろしい、あれのおかげで、どれだけの数の人間が死んだとおもっているんだ。

それからマッチを擦り、何本目かの煙草に火をつけながら胸の前で小さく十字を切った。

金持ちの両親が病気で早死にしたっていうけど、それだって本当に偶然かどうか怪しいもんだよ。

祖母の飛び出した前歯の隙間から白い煙が立ち昇る。

我らを悪より救い給え。アーメン。

せいぜいあんたらも、気をつけることだね。

祖母は私たちにそう忠告をした。

いずれにしても、そんな祖母も私が小学校へあがる年には死んだのだった。

祖母に奇跡は起きなかった。


私と妹は、その葬式のときにも、胸の前で十字を切りながら、こっそり煙草の煙を吐く真似をしてくすくす笑った。

火葬場では、駐車場の隅に落ちていた石を拾い、それを耳にあてて囁きあった。

きこえる?

私と妹の視線が交わる。

きこえる。

私は嘘をついた。

いくら一生懸命に耳を澄ませてみても、私には声なんて少しも聞こえなかったから。

火葬場の煙突からは細く白い煙が立ち昇っていた。

祖母の肉体は燃えて消えてなくなった。

けれどひょっとしたら、あのころ妹には本当に石の声が聞こえていたのかもしれない。

16:30

タクシーのカーナビの液晶画面の中では白いライン上で矢印がゆっくりと地図の中を進んでいた。地図の右上には4:30と時間が表示されている。

私は震える手でサーモス水筒を取り出し、浄水を口に含んだ。水が唇の端から溢れて首筋を伝って膝の上へ落下する。

膝の上に置かれたiPadの中で、青白い光を放つ球はじっと新国立競技場の位置に留まったまま、点滅だけを繰り返していた。脇に置いたバッグの中から、白黒コピーのビラが覗いて見えた。昼、ドラッグストアの前で捨てそびれていたやつだ。手書きで小さな文字がびっしりと書かれている。


いまこそ、共に、石の声に耳を澄ませましょう。

この手に、石の声を聞くやり方を、取り戻しましょう。

私たちは本来だれしもが、石の声を聞くやり方を知っていたのではないでしょうか。

しかし、私たちは、この功利主義に支配された世界で生き、そのやり方を忘れてしまっただけなのではないでしょうか。

さあ、過去の記憶を、呼びさますのです。

オーストラリア、カカドゥの聖地には、古くから伝わる、言い伝えがあります。

この地が掘り返され荒らされたならば、世界には恐ろしい力が放たれる。

東京電力福島第一原子力発電所で使用されていたウラン鉱石は、そのカカドゥから運ばれたものでした。


タクシーが長いトンネルに入った。

私は恐ろしくなって、そのビラをふたたびバッグの奥底へと押し戻した。

それから、何もかも振り払うように、大きく何度も頭を振った。

これが、この全てが、何かの間違いだ。

母を、見つけなくては。

太陽の光が遮られ、緩やかにカーブする薄暗いトンネルの両脇にＬＥＤの白い光が規則正しく流れすぎてゆく。むかし何かのＳＦ映画では、このトンネルが未来の風景として使われていたけれど、いまやそんな未来さえ過去だった。


妹があからさまに母を避けるようになったのは、小学校へ通いはじめてまもない春のことだった。

母がレースで編んだ洋服を黒いゴミ袋に入れてみんな勝手に捨てた。

レースあみのふくなんてダサいし、きたくないだけだから。

勿論、母は理由を問いただしたが、妹は吐き捨てるようにそう言い放ったきり、ベッドにもぐりこみ、夕食も食べようとしなかった。

母は妹が学校でいじめられているに違いないと考えたようだった。

翌日、私は学校の休み時間、妹がいじめられているかどうか、こっそり下の階の教室を覗きに行った。

妹は女の子たちのグループから離れたところに、たったひとりで頬杖をついた格好で座っていた。

薄暗い蛍光灯の光が灯っていた。

妹は泣いてはいなかった。殴られてはいなかった。怒鳴られてもいなかった。血を流してもいなかった。体操服を切り裂かれてもいなかった。

妹は大丈夫。

大丈夫。

妹はいじめられてなんかいない。

私はただその目に見えるものだけを信じようとした。

窓の向こうには白い空が広がり、雨が降っていた。

ガラス窓を雨粒が軌跡だけを残しながら落下してゆく。

妹は翌日もその翌日も母と口をきこうとしなかったし、レース編みの服を着ようとはしなかった。とはいえ、その服の殆どは捨ててしまったから、もう着るべき服もたいして残ってはいなかったのだけれど。

真夜中、私は二段ベッドの上の段に横になりながら、天井の木目を数える。

それから下の段で寝返りを打つ妹に向かって小さく囁いてみる。

きこえる？

私は答えを待つ。じっと耳を澄ます。

けれど答えはいつまでも返ってこなかった。

窓の向こうで雨が降り続いていた。

薄暗い庭の真ん中でまだ小さな無花果の木が葉を広げながら雨に濡れている。

ソ連のチェルノブイリで原子力発電所事故が起きていた。

放射能とよばれる目に見えないものが、雨と一緒になって、落下している。

テレビでは、ヨーロッパの国々でも高い放射線量が観測されたと報告していた。

牛乳から高い放射線量が検出されたらしい。

ソ連は事故を隠蔽しようとしていたがいまやそれを認めざるを得ない事態になっていた。

放射能。

それは恐ろしいものだった。

放射能を浴びると、はじめはなんでもないように見えるのに、次第に髪の毛が抜ける、出血が止まらなくなる、皮膚が爛れて剝げ落ちる。

ソ連のカメラマンがヘリコプターに乗って上空から壊れた原子炉を撮影したというフィルムがテレビで流れていた。その画面はときどき真っ白に光るように明るくなって飛んだ。それは放送事故ではなくて、強い放射線のせいでフィルムが感光してしまったためなのだ、と教えられた。それを撮影したカメラマンも、それから間もなく死んだのだということも。

噂によれば放射能を浴びると、子どもを産めなくなるらしい。

子どもを産めたとしても、死産か奇形の子どもが生まれるらしい。

放射能にはウォッカが効くらしい。

いや、放射能には、味噌や納豆、発酵食品がいいらしい。原爆で被爆した人も味噌汁を飲んで元気になったらしいから。

私はリビングの真ん中に据えられたブラウン管のテレビを食い入るように見つめながら、戦慄する。

雨が何日も降り止まなかった。

登下校の途中、雨水が足首に跳ねるたび、私は恐ろしくなって、それをいちいちタオルで拭いた。

いくら拭いても、身体中に放射能がついていて、少しも落ちないようだった。

風呂にはいると石鹸でいつもより念入りに身体中を洗った。

日曜日になってもまだ雨が降り続いていた。

私は朝からテレビの前に陣取り、ワイドショーを観続けていた。

とろろ昆布とめかぶと納豆を載せた放射能丼が売り出されて人気になっている、というニュースをやっていた。

父は二階の書斎に居て、朝食の片付けを終えた母は濃いグリーンのベルベットのソファに腰掛け、レースを編んでいた。母の膝の上にはテーブルクロスにもなりそうなほどレースが広がっていた。

その日、遅く起きてきた妹は、ひとりキッチンで立ったままスティックパンを齧っていた。ワイドショーを横目に見ながら、あからさまに不機嫌そうに舌打ちをして、ついにはリモコンを手に取ると、勝手にチャンネルを替えた。

テレビショッピングが映し出され、磁気のパワーで健康になるというネックレスを中年の男と女が宣伝していた。

いまなら一本のお値段で、二本ついてくる。

私は怒りながら、妹の方を向く。

いまみてたのに。

妹は私を無視したまま冷蔵庫を開け、牛乳を取り出すと、それをグラスに注いだ。牛乳パックには牧場でダンスしている牛の絵が描かれていて、私にはその牛まで放射能に汚染されているように見えた。

みてたのに。

私は繰り返したが、妹の視線は私を通り越し、まっすぐに、母を見つめていた。

母は、その手に黒光りする石を握り、それをゆっくり耳へあてていた。膝の上にはレース編みが波うっていた。

妹の顔がみるみる歪んでゆく。

まるで穢らわしいものを前にしたときのような表情だった。

妹は低く唸った。

そういうのやめてよ！

石の声きくだとか、そういうの、きもちわるいから！

母がはっとして視線を上げる。

耳元にあてていた石をゆっくり離す。

妹が母に向かってグラスを投げつけたのは、それとほぼ同時のことだった。

グラスはソファの脇の漆喰の壁にあたって粉々に割れた。

母の指先から、黒光りする石が、落下する。

飛び散った牛乳は、額縁の中に入れられていた太陽が昇ろうとする農場の絵の上にも、白い染みをつけた。

妹の顔は真っ青だった。

私はただ呆然としたままそれを見た。

大きな物音を聞きつけた父が二階から降りてくる。

妹はその場に立ち竦んだまま、しゃくりあげるようにして泣いていた。

母は石をポケットにしまうと、てきぱきと床に散らばったガラスを片付けはじめた。編みかけのレースがだらりと垂れソファを覆っていた。

私は母に言われるがままに雑巾を持ってきて、床にぶち撒けられた牛乳を拭いた。

破片で手を切るといけないからと、途中からそれを父が代わってくれた。

私はただ妹と一緒に、割れたグラスと牛乳が片付けられてゆくさまを見ていた。

すっかりみんな片付いて、もう何事もなかったかのようになってもなお、妹は泣き止まなかった。父は妹のそばにしゃがむと、小さく言った。

みんなもとどおりに戻るかな？

妹はしゃくりあげたまま父を見つめていた。

父は空《くう》を摑むようにして手を握り、そこへふっと息を吹きかけてみせた。

私は、父の手の中から、あの割れてしまったグラスが現れるのではないかと、一瞬期待した。

手を開く。けれど、そこには、何も現れはしなかった。

父はただ空っぽの手を広げてみせる。

ひとたび壊れてしまったものは、マジックではもとには戻らない。

父はそう言って、妹にもうひとつ別のグラスを持ってこさせた。

妹がグラスを両手で握る。

溢れてしまった牛乳も、もうもとには戻らない。

父がグラスに両手を翳しふっと息を吹きかける。

妹はまだしゃくりあげていた。

父は頷いてから、翳していた両手をどける。

そうだ、もとには戻らない。

残念ながら、溢れてしまったものも、マジックではもう戻らない。

父は妹の手から空のグラスを取り上げ、くるりと手のひらの上で回転させてみせた。

妹は大きく鼻を啜った。

父はそのままグラスをダイニングテーブルに叩きつけるようにして置いた。

私はその大きな音にびくりと身体を震わせた。

父がふっと息を吹きかけ、ゆっくりとグラスから手を離す。

私は目を見開いた。

グラスの中には、牛乳のかわりに、動物ビスケットがたっぷりとつまっていたから。

父は大仰な動作をつけて、さあ、めしあがれ、と妹にそれを差し出した。

妹は声をあげ、顔を真っ赤にして、ますます大きく泣いた。私がかわりにグラスの中のビスケットを一枚ずつ取り出して食べた。その動物が牛だったか鳥だったか、それとももっと違う動物だったかは、もう、覚えていない。

母は、それ以来、もう決して妹の前でも、私の前でさえ、石を耳にあてようとはしなかった。

真夜中、私は妹に向かって小さく囁く。

きこえる?

ねえ、きこえる?

私は囁く。囁き続ける。

けれど、妹の返事はいつまでも返ってこなかった。

窓の向こうで、もう雨は止んでいた。

妹は眠ってしまったのかもしれない。そう考えたとき、妹の小さな声が聞こえた。

お姉ちゃん。

私は身動きひとつしないまま、目の前の闇を見る。

もう、そういう子どもっぽいこと、やめなよ。

バカみたい。

私はただじっと黙ったまま何も言い返せなかった。

妹はそれから言った。

放射能の声。

放射能の声が聞こえるなんて、あるわけないじゃん。

私は天井の木目を数えたまま、妹が何を言っているのか理解できなかった。

え？

妹はきっぱりと言ったのだ。

部屋は暗かったし、妹は二段ベッドの下の段に寝ていたから、その表情が果たして泣いていたのか、笑っていたのかはわからない。ただ、妹は、はっきりとした声で、こう言ったのだ。

　お母さんが放射能の声を聞いてるとか、そういうの。

石の声。それがあの恐ろしい放射能の声だというのか。

それを母が聞いているというのか。

私にはそんなこと信じられなかった。

そんなに恐ろしいものの声を母が聞いているだなんて。

きっと何かの間違いだ。

私の目は冴え冴えとしていて、少しも眠れそうになかった。

窓の向こうの暗闇の中、無花果の木は次々と勢いよく芽吹いていた。

私は何度も何度も考える。

母がそんな恐ろしいものの声を聞こうとするなんて。

そんなこと、あるはずがない。

あるはずがない。

私はきつく目を閉じた。

妹の寝息だけが小さく聞こえた。

もう、私たちは、石の声の話をしない。

放射能が降っているという話も、テレビから次第に消えてゆく。

雨は止んでいた。

目に見えないもののことを忘れることは簡単だった。

妹は母とふたたび口をきくようになる。

レース編みの服だけは、着ようとはしなかったけれど。

私は私たちは、何もかもを忘れた。忘れたはずだった。

何事もなかったかのように。

母が編んでいたレース編みができあがり、大きすぎるそれはダイニングテーブルに掛けられた。


私の膝の上では、青白く光る球がゆっくりと新国立競技場のそばに留まったまま点滅を繰り返していた。

トンネルを抜けると、お堀と皇居の緑が森のように広がって見えた。

太陽が傾きかけ、色濃い影が伸びていた。

幾つもの分岐点が現れ、そのたびに車は車線を変更し、目的地へ向かって進んでゆく。

これまで私はどんな努力だって惜しまなかった。

一生懸命、頑張ったはずだったのに。

左でなければ右、右でなければ左。

白い矢印を追ってゆく。

矢印が幾つも現れる。

左でなければ右、右でなければ左。

けれどいったいいつから、私は辿るべき道を間違えてしまっていたのだろう。

どこまで遡れば、どこからやり直せば、いいのだろう。

ひとたび壊れてしまったものは、マジックではもとには戻らない。

溢れてしまったものも、マジックではもう戻らない。


父が病院へ入院したのは、私が高校へ通いはじめた夏のことだった。

入院してもなお、父はその手から蛍光グリーンに光る腕時計をはずそうとはしなかった。

病室は個室で、枕元に置かれた分厚いテレビの向こうでは、バルセロナオリンピックが開幕しようとしていた。

白い空に飛行機が舞い、五色のカラーで五輪マークが描かれる。

父はそれを見ながら私たちに向かって言った。

物体は落下する。

光は消える。

人は死ぬ。

ただそれに従うだけのことなのだから。

父はそれから宙に向かって、ふっと息を吹きかけてみせたのだった。

私は宙に何かがあらわれるのを、目を見開いて待った。

あの時父がやったのは、果たして何のマジックだったのだろう。

けれど、そこには、何もあらわれたりはしなかった。

父は苦しくて息を吐いただけだったのかもしれない。

テレビでは、かつてオリンピック開催候補地として立候補したものの敗北を喫したバルセロナに、いま実に五十六年の時を経て、その雪辱を果たすときがやってきました、と熱っぽく語られていた。

１９３６年ナチ・ドイツのベルリンオリンピック。

それはスペインのバルセロナで開催されたかもしれなかった。

けれど、オリンピックは、バルセロナでは開催されない。

聖火リレーのトーチはベルリンへ向かって運ばれる。

ベルリンオリンピックをスペインはボイコットし、ナチに対抗した独自の人民オリンピック開催を計画する。しかしそれもスペイン内戦がはじまったために実現はしなかった。

その後スペインは、フランコ独裁政権時代、オリンピック開催候補地としてマドリードをあげてふたたび立候補。だがスペインはまたもドイツに敗れ、ミュンヘンでオリンピックが開催されたということだった。

アナウンサーがこう締めくくる。

いま、このバルセロナで、まさにあの人民オリンピックが開催される予定だったこのスタジアムで、ついにオリンピックがはじまろうとしているのです。

私はベッドの上に横たわる父を見下ろしながら、歯を食いしばる。

けれど、全ての理に逆らうために、人類は努力を重ねてきたのではなかったか。

だから人は、空を飛ぼうとしたのではなかったか。

だから人は、決して消えない光を探そうとしてきたのではなかったか。

もう闇なんて、死なんて、恐れずにすむように。

それがみんな駄目でも、
声は聞きいれられて、
奇跡が、私を、私たちを救ってくれるはずではなかったか。

いくら金があれば、足りるだろう。

私は祈る。

いくらだって、祈る。

中学校の制服を着た妹は歯を食いしばったまま、バカみたい、と呟いていた。

母が声も無く泣いていた。

聖火ランナーの手に握られたトーチから、炎はアーチェリーの矢に灯される。

矢は射られ、炎は夜空の下を真っ直ぐにすすんでゆく。

その矢は時計塔の隣にある聖火台の中へと飛び込むような格好で着火する。小さな矢が落下するのと同時に、巨大な炎が立ち昇る。

父にも奇跡は起きなかった。

バルセロナオリンピックが終わるよりも先に父は死んだ。

墓石は、父が自ら選んだ立派な御影石だった。

私たちは、父のかわりにその黒光りする石に、両手を合わせる。

私は深い穴の底へ向けて闇の中をどこまでも落下してゆく。

光を。

もっと光を。


首都高の出口を示す表示が見えたところで、タクシーは渋滞に巻き込まれ、スピードを落としてから、完全に停止した。右手に、電車の線路が現れ、電車が車の脇を通り過ぎてゆく。

消したはずの液晶モニタから音楽が流れ出してくるのが聞こえた。

ビッグバンドの楽曲。

イントロはしずかに。それから音はクレッシェンドしてゆく。

曲は「サンライズ・セレナーデ」。

作曲はフランキー・カール、作詞はジャック・ローレンス。

グレン・ミラー・オーケストラが演奏した楽曲だ。フランキー・カール・オーケストラによるヴァージョンはヴィクトリー・ディスクとして、世界中のあちこちの空からちくおんきといっしょにパラシュートで落とされて、アメリカ兵のもとへ運ばれてゆく。

黒光りする画面に、私自身の姿が映って見えた。

私は頭を振るようにして目を擦る。

カーナビの脇に時刻が表示されているのが見えた。

5:19

１９４5年7月16日5時29分45秒。

世界ではじめての原子爆弾が爆発したのは、朝の5時29分45秒。

その瞬間、私はひとつの考えに囚われはじめる。

5時29分45秒。

その時刻に、テロを起こすつもりなのではないか。

オリンピック開会式を狙ったように見せかけて、夕方の5時29分45秒に何かをやるつもりかもしれない。

私はバッグの中から日焼け止めクリームを取り出すと、それを震える手で顔に塗りたくった。

カウントダウンはもうはじまっている。

5時29分まで、あと十分。

私はタクシーのドアを開けようとレバーを摑んだ。しかしそれは自動ロックだったので、幾ら押しても引いても開かない。

運転手はぎょっとしてこちらを振り返る。

お客さん、どうしました？

私は降りますと叫ぼうとしたが、声にならなかった。

呻くような音だけが出る。

困ります、お客さん。ここ高速道路ですから。

私は苛立ちながら、ドアのレバーを引っ張り続ける。

タクシーの運転手は引き攣った声で繰り返す。

ここ高速道路ですから。

私は震える手で折れた銀色の日傘を振り上げ、もう片方の手で財布から一万円札を抜き出し、それを運転手に向かって投げつけた。

一万円札が宙を舞う。

札をあるだけみんな投げつけた。

放射性物質で汚染されているとでも思ったのだろう。

運転手は、ひっと声をあげて仰け反った。同時にドアは目に見えない力に引っ張られるようにして一気に開いた。

絡みつくように熱い外気が車内へ流れ込んでくる。

私はバッグを肩に担ぐと折れた日傘を杖のようにして、首都高速道路の路肩のアスファルトの上へ飛び出した。

立ち上がった瞬間、股の間を生ぬるい血が流れ落ちてゆくのがはっきりわかった。

下腹が重く、こめかみが引き攣れるように痛んだ。

母を、見つけなくては。

見つけなくては。

私はよろめき、足を引き摺りながら路肩を走る。

振り返ると、太陽の光を反射して光るタクシーのフロントガラスの向こうで、運転手が白い手袋の指先で一万円札を恐る恐る拾い上げているのが見えた。

折れた銀色の日傘を右手に掲げてみる。

ちょうどそれは聖火リレーのトーチみたいに見えた。

涙のかわりに汗が頬を首を脇を伝って、落下してゆく。

道は緩やかにカーブして下り坂になっていた。

足が何度も縺れ、パンプスは坂道を走るたびに脱げそうになったので、それを片足ずつ脱ぎ捨てた。膝丈のストッキングも一緒に引き摺り下ろし、それをみんなバッグの中へ突っ込んだ。焼けるようなアスファルトの上を裸足で走った。

白いレーヨンのブラウスがズボンからはみ出し、後ろへ靡いて揺れた。

ギリシア、オリンピア。

私は、聖火をもたらす女神ヘスティアーみたいな格好になった。

折れた日傘をますます高く掲げた。

手は痺れ、足の裏は焼けるように痛み、吐き気がこみ上げてきたが、私は力の限り走る。

ずらりと並んだ車の脇を過ぎてゆく。

ぴたりと閉じられた窓の向こうでは、だれもが一様にぎょっとした表情を浮かべて、こちらを見ていた。おもむろにスマートフォンを取り出し、それを向ける人もいた。まるでみんなテレビの向こうの人たちみたいだった。だれもが、どこかずっと遠く、私がいることとは別の場所にいた。そこから、じっと、私を見ていた。

道が大きくカーブしている。

その先に、首都高出口と書かれた緑色の表示が見えた。

私はよろめきながら疾走した。

斜めに射す太陽の光が、大通りの銀杏並木の青々とした葉を照らし出していた。

外苑東通りでは大勢の警官たちが交通整理をやっている。水色と白の市松模様を全体にあしらったポロシャツを着たボランティアの若者たちも入り乱れ、新国立競技場周辺は早くもごったがえしていた。

私はその人たちを掻き分けるようにして、走り続けた。

インド系と思しき家族が歓声をあげながら私を背景に家族写真を撮り続けていた。

裸足で走る私の姿を何かのパフォーマンスと勘違いしたのかもしれない。

それにつられて何人もがスマートフォンを私に向ける。みんなカメラの、スマートフォンの、画面越しに、私を見ていた。

憲法記念館の入り口に立つベルボーイのような格好をした男だけが、カメラもスマートフォンも手にすることが叶わないまま、ただ戸惑ったような表情を浮かべて私から目を逸らした。

歩行者たちを押しのけながら、点滅している横断歩道を渡りきる。

目の前で視界が開ける。

空の向こうに、真新しく巨大な新国立競技場が聳えていた。

惹き寄せられるように、私はそこへ近づいてゆく。

新国立競技場のまわりは、ぐるりと人だかりができていた。

母を、見つけなくては。

見つけなくては。

私は肩で息をしながら、血眼になってあたりを見まわす。

聖徳記念絵画館前の広場の向かいにかつてあった球場には、今はオリンピックのためのプレハブ小屋が並んでいた。

その手前にいる人の後ろ姿が、母に見えた。

サテンのスカートを穿いた女。

パジャマのような服を着た男。

子ども連れの母親。

そこにいるだれもかもが、母のように見えた。

新国立競技場青山門のすぐそばでは警備員と老人が小競り合いをしている。

夏だというのに背広を着込んだ八十歳くらいの男が脳天の白髪を逆立てながら怒鳴り声

をあげていた。

わたしは呆け老人なんかじゃないぞ。トリニティなんかじゃない。

すみませんですむと思っているのか?!

チケットだって持っているのに失敬な。

老人は手に握りしめたチケットを警備員の男の鼻先に突きつけている。

馬鹿にするのもいいかげんにしろ！　これに幾ら払ったと思ってるんだ。

そのすぐ後ろをひとりの女がひょこひょこと身体を揺らしながら通り過ぎてゆく。

女は髪も黒くジーンズを穿いていて、その見た目も六十歳過ぎぐらいにしか見えなかったが、その手に石を握っているのがはっきり見えた。

トリニティ！

私は心臓が止まりそうになる。

この女だけではない。もっと大勢のトリニティの老人が、いるかもしれない。

しかし老人たちのうちには正式に開会式のチケットを手にした人や、聖火リレーを観に来た人も混じっていた。

果たしてどの老人がトリニティで、どの老人が観客なのか、もはやだれの目にも区別がつかないのだった。ポケットだけでなく身体中の穴という穴の中まで全部を調べて回るなんて、不可能だから。

トリニティ！

トリニティ!!

トリニティ!!!

私は恐怖に襲われる。

もはや私には、ここにいる人たちが、ひとり残らずトリニティに、テロリストに見えるのだった。

私は日傘を脇に挟みバッグの中からiPadを引っ張り出す。震える手で青白い光の球が点滅する地図を拡大する。青白い光の球はすぐそこにあるはずだった。

iPadの画面と、あたりの風景を交互に見つめた。

どこだ?

どこにいる?!

広場の隅の松の木の下には、黒々とした巨大な石で碑が建てられていた。地図の上では、青白い球がまさにその位置で光を放っていた。

私はiPadを片手に、もう片手には折れた日傘を竹槍のように構え、腰をかがめて近づいてゆく。

ちょうど石碑に書かれた文字を読もうとした時のことだった。足が縺れて躓いた。前につんのめり、身体が地面へ向かって落下してゆく。iPadと銀色の日傘が宙を舞う。

体勢を立て直しながら、睨むようにしてあたりを見まわす。

また石に躓いたのかもしれない。

しかしそこにあったのは、石ではなく、黒光りするスマートフォンだった。

はっきりと見覚えのあるステッカーが貼られていた。

Death Be Not Proud

死よ驕るなかれ。

私は、そのスマートフォンに摑みかかると、半身を起こした。

生理の血が股の間からどろりと流れ落ちてゆくのが、はっきりとわかった。

ああ、トイレへ行かなくちゃ。

しかし、すでに手遅れだった。

股の間から血が溢れ出す。

血は太ももを滑るようにして落下し、滲み出し、ベージュのズボンが血で真っ赤に染めあげられてゆく。

それをどうにか拭き取ろうとしているうちに、手まで血塗れになった。

たまたま私の脇を通り過ぎようとしていたカップルの男の方が、ひっと小さく声をあげた。

その声で、通りがかりの人たちがいっせいにこちらを振り返る。

血だ！

血が出てる。

あたりがざわめいていた。

大丈夫ですか?!

私のまわりへ人が集まってくる。

刺したのか？　刺されたのか？

いま止血しますから。

私のすぐ手元には折れた銀色の日傘が転がっていて、それはあたかも凶器のように見えた。

私は娘のスマートフォンを握りしめ、もういちどあたりを見まわす。

しかし母の姿はなかった。

どこだ。

いったいどこへ行ってしまったのか。

私はぼんやりと霞みはじめる意識の中で考える。

なぜ、こんなところに娘のスマートフォンだけがあるのだ。

妹が母を見つけたのかもしれない。そのとき、うっかり、スマートフォンを落としてしまったのかもしれない。

その瞬間、私の頭には別の考えがよぎるのだった。

わざと捨てたのではないか？

そうだ、母を見つけた妹は、ここに、これを、わざと捨てたのではないか。

私が母を見つけられないように。

もしかすると、妹は全てを知っていたのかもしれない。

知っていて、母を行かせたのかもしれない。

いや、ひょっとしたら、はじめから妹は母と一緒だったのかもしれない。

私は目を見開きながらあたりを見回す。

なんてことだ。

私は嗚咽するかわりにゲロを吐いた。

胃は殆ど空っぽで緑がかった胃液だけが口から溢れた。

妹はいつだって、勝手なことばっかり。

ワンピースを着た女が芝の上にぶち撒けられた私のバッグの中身を拾い集めていた。

肩幅の広い男が駆け寄ってきて、私の太ももにハンカチを巻いて止血を試みようとする。

私はスマートフォンを握りしめたまま、男の手を振り払った。

真っ黒だったスマートフォンの画面が、一瞬ぱっと明るく光る。

目に見えない力で操られたようにして、私の目の前でスマートフォンのホーム画面が現れた。

私は、一瞬何が起きたのかわからなかった。

奇跡だ。

しかし理由がわかった途端、私はひとり声をたてて笑いださずにはいられなかった。

私の顔と娘の顔があまりにも似ていたので、顔認証が誤ってロックを解除したのだ。

周りの人たちは、血塗れで笑い続ける私の姿に、後退った。

私は娘のスマートフォンを握りしめたまま汗で額にも頬にも張りついた髪をかきあげた。

メッセージが幾つも着信する音が鳴り響く。それからポップアップが現れる。

トリニティに新着メッセージがあります。

トリニティに新着メッセージがあります。

トリニティに新着メッセージがあります。

それが何度も繰り返されている。

私は自分の目を疑った。

私は、私自身のスマートフォンを見ているのかと錯覚した。

トリニティ、トリニティ、トリニティ
このスマートフォンが私のものではなく、本当に娘のものかどうか、そのステッカーを幾度も確認した。

しかし、それは幾度確かめようが、紛れもなく私の娘のスマートフォンなのだった。

目眩を覚える。

よりによって、娘が、サイバーセックスをしていただなんて！

恐る恐る画面をタップする。

黄金色の逆三角形、それからトリニティのサイトが現れ、自動ログインでメッセージボックスが表示された。

私は指先で新着メッセージをタップする。

そこに表示されたテキストを見た瞬間、息が止まりそうになる。
>ケルベロス、お願い、応えて。どんな変態的なことでもかまわないから
私は震える指先で、次々とメッセージをタップしてゆく。
>あそこを舐めてもらうところ想像しながら触ってる
>ケルベロスなんだから得意でしょう？

目を見開いた。
嘘だ。
絶対に嘘。
そこに表示されていたテキストは、私がケルベロスに送ったものだった。
何かの間違いだ。間違いであってほしかった。
けれど、それは間違いなく、私がケルベロスに送ったテキストだった。
トリニティのメッセージボックス全体を開く。
タップする指先から、ゆっくりと血の気が引いてゆく。
＞ケルベロス、ねえ、いま、あそこを触って濡れています
＞はじめまして、ケルベロスさんはどんなプレイが好きですか
＞いまケルベロスさんにいわれたとおり、スカートの下には何もつけずに外へ出ています
そこにあったのは、ケルベロスがやりとりしていた、膨大なメッセージの束だった。
ケルベロスは、私だけでなく、同時に大勢の女たちとも交わっていた。
時には優しくあそこを舐め、時には激しくあそこを突き、何度も何度もいっていた。
＜いきそう
＜ああ、がまんできない
＜中で出したい
＜ああ、また固くなってきた

私はそこに書かれているものが、私の目の前に見えているものが、信じられなかった。

だって、私の娘は、私の娘なのだから。

私の腹から生まれでて、私がだれよりもずっと一緒にいて、だれよりもよく知っているはずの、私の娘。

その私の娘こそが、ケルベロスなのだった。

遠巻きに見つめる人たちの向こうから、警備員がこちらへ走ってくるのが見えた。

私の股からはまた血が溢れ出ていた。

太ももを血が伝う生ぬるい感触だけが広がってゆく。

つまり私は、これまで何も知らずに、自分の娘と交わっていたというのか。

目の前の光景が、閃光に包まれるように白く飛ぶ。

私は咄嗟に折れた日傘を摑むと、それを振り回す。

悲鳴が聞こえた。

警備員の男がふたり駆け寄ってきて、私の両脇を摑んだ。

私は声にならない声を上げながら、なぜ私が捕まえられなくてはならないのかわからなかった。

努力はきっと報われるべきなんだ。

私のもう片方の手から、娘のスマートフォンがゆっくりと地面へ向けて落下してゆく。

なぜか私はウランのことを想っていた。

その名の由来は、天王星、ウラヌス。

ギリシア神話、天空の神。
大地の女神ガイアが、だれとも交わることなく身ごもり産んだ子ども。
ガイアは、自らの子ウラヌスと交わる。
ふたりが交わるたびにこの世界には夜が訪れる。
地面に落ちた娘のスマートフォンの画面の中で、時計の数字が変わる。
5:29
私の身体は、そのままどさりと崩れ落ち、地面に沈んだ。

17:30

サイレンの音だけが聞こえる。
外の喧騒からは隔絶されたこの空間の中で、私はかすかな振動だけを感じている。
日焼け止めの匂いがした。
頭が痛い。
吐き気がする。
冷房が効きすぎている。震えるような寒さだ。
私は、ゆっくりと目を開ける。
呻き声をあげる。
車の窓はフィルムで覆われていて、外は少しも見えなかった。

救急車の中だった。

太陽はもう沈んでしまっただろうか。

私は両手をゆっくりと動かそうとする。

左手の感覚はなかったが、右手には硬いものが握られていた。

石。

私は恐らく倒れたところで、この手に石を摑んだのかもしれない。

朝拾い上げてバッグの底に押し込んだものだったか、あるいは、あの石碑のそばに落ちていたものだったか、わからなかった。

私はゆっくりとそれを耳に押し当てる。

ふたたび目を閉じる。

声があった。

あたりに軋む音が聞こえはじめる。

深い暗闇の底。光も届かない、海の底。

私の身体が微かに揺れている。

声が押し寄せてくる。

酷い吐き気と頭痛に襲われながら小さく呻いた。

耳の奥が痛み、鼓膜が破けそうになる。

その声の向こうには景色があった。

狭い二段ベッドには灰色の革でできた乗組員作業服に身を包んだ男たちが身体を横たえ

ている。

そうだ、私は潜水艦の中にいるのだ。

潜水時間が長くなればなるほど艦内の空気は淀む。徐々に酸素が薄くなる。

そのうえ浮上して水圧が変われば耳の鼓膜は引き攣れるのだ。

この潜水艦が出港した時、キールの港は燃えていた。

雪がやんで、あたりには焼け焦げた匂いが漂っていた。

かつてベルリンオリンピックの聖火が灯され、ヨットレースが行われていたあの港。

燃えていたのは聖火ではなく、海軍基地、市庁舎、セント・ニコライ教会、オペラハウスだった。

焼け残った映画館では、「黄金の町」が上映されていて、スクリーンの中では金髪碧眼のクリスチーナ・ゼーダーバウムがエプロンドレス姿で元気潑剌と駆け回っている。

港のブンカーに格納されているのは、ドイツが誇る「灰色の狼」、潜水艦。その名前はU234。聖火リレーのトーチを作ったのと同じクルップ社製だ。

私たちは、その艦の底に、積み込まれたのだった。

暗い地の底。

私は暗い地の底にいました。

しかし、ある日、地は掘り返され、私は光の中へ引き摺り出されたのです。

聖ヨアヒムの谷で、私を、私たちを掘ったのは、しかし鉱夫ではない。

ロシアとフランスから連れてこられた捕虜たちだった。

町には鉤十字旗がたなびいていた。

私たちは、ラジウム・パレスにほど近い場所にある駅へ運ばれ、列車に積み込まれる。

列車が向かったのはパリではなく、ベルリン近郊アウアーゲゼルシャフト社のオラニエンブルク工場。

〈不幸の石〉から取り出されるのは、ラジウムではなく、ウラン２３５だ。

私は茶色く四角い包みに包まれる。

約25㎝の立方体が四十七個。

箱の重さは合計約５６０㎏。

ウランＵ２３５がＵボートＵ２３４へ積み込まれてゆく。

その番号は奇しくも一番違い。

日本人の男ふたりが、その包みを確認している。

丸い眼鏡をかけているのは庄司元三海軍技術中佐、もうひとりの少し若い方は友永英夫技術中佐。友永はシューマンの「トロイメライ」を時々ちいさく口ずさむ。

トロイメライ、夢。

ふたりの日本人を見遣るのは、片眼鏡のドイツ人フリーゲル・ウーリッヒ・ケスラー空軍大将。ヒトラー暗殺計画に関わった疑いをかけられていて、命からがらここへ逃げてきたものだから、一刻も早く艦に乗り込みたがっている。

そしてその願いはほどなくして叶えられることになる。

潜水艦は岸を離れ、海の中を進む。

海面には機雷が仕掛けられているし、航空機に爆撃されるかもしれないから、容易に浮上はできない。

酸素が限界まで薄くなってゆく。

トイレの水が夜光虫の群れで青白く光っていた。

艦は大西洋の海底を南へ向かってゆく。

男たちは酷い吐き気と頭痛に襲われながら、無駄に酸素を消費しないように沈黙したまま、まじっと横たわる。


1945年5月1日。

無線通信室へ暗号文が届く。

ヒトラー総統が死去。

暗号文が次々届く。

ベルリン守備隊七万人が連合軍に降伏。

ドイツ北部方面軍が降伏。

投降。

投降。

投降。

ナチ・ドイツ無条件降伏。

暗闇に包まれた海の底の潜水艦の中で、男たちの話し合いがはじまる。

このまま南米アルゼンチンへ逃げてしまうのはどうだろう。

ソ連やイギリスへ降伏するなんて、どんな恐ろしい目にあうかわからない。

ドイツは降伏したかもしれないが、しかし大日本帝国はまだ降伏していない。

日本人の男ふたりは流暢なドイツ語を話す。

天皇陛下はまだ戦っている。

神は降伏などしていない。

積荷を日本へ届けなければ。

日本はその積荷を待っている。

その積荷が、ウランがあれば、ウラン爆弾、原子爆弾をつくることができるのだから。

日本の街のあちこちでは、もっともらしく噂が囁かれている。

偉い科学者たちはいま、これまでだれも見たことのないほど凄い爆弾をつくろうとしているらしい。

マッチ箱ひとつの大きさで、ニューヨークの街が吹き飛ぶらしい。

実際、極秘の原子爆弾開発計画がすすめられている。陸軍と理化学研究所仁科芳雄率いる「ニ号研究」。

ウラン爆弾の投下目的地はサイパン。

サイパンを爆破できれば、飛行距離が長くなるから、本土空襲は避けられる。

多くの命を救うことができるから。

原子爆弾は、神風だ。

科学の神風だ。

それさえ手に入れたなら、戦争にだって、勝てるだろう。

万一この計画が失敗すれば、２０００万円の金がまさに水泡に帰すことになる。

潜水艦の中で男たちは話し合う。

日本人の男ふたりは大日本帝国へ向かうことを主張する。

しかし他の男たちは投降することを決める。

日本人の男たちの声は聞き入れられない。

もはやドイツは、大日本帝国と同盟国だったナチ・ドイツではないのだから。

日本人の男たちは、いまやドイツ人の男たちと同じではない。この艦の中で反乱を起こすかもしれない危険な敵になる。交代で見張りがつけられる。

真っ白なシーツがディーゼルエンジン用の重油に浸され、黒く染めあげられる。

投降を意味する黒旗が、浮上した潜水艦の潜望鏡に掲げられる。

投降する国は、アメリカ。

新世界アメリカなら、土地も広いらしいから。ソ連やイギリスに投降するよりはまだましだろう。

男たちが慌ただしく投降の準備をすすめる中、日本人の男ふたりは遺書をしたため、ルミナールを飲みほす。日本軍の軍服ではなく灰色の乗組員作業着を着たままの格好で、狭いベッドの中で抱き合うようにして、大きく不穏な鼾をかいていた。

潜水艦はアメリカの駆逐艦「サットン」に投降する。

日本人の男ふたりは死に、その遺書どおり、水葬されることになる。

真新しい白いキャンバスに包まれた遺体には日本刀が添えられる。

夜闇にまぎれてそれが海へ投げ込まれる。

ふたつの遺体は落下してゆく。深い海の底へ、闇の中へ。

積荷は日本へ届かない。

原子爆弾は完成しない。

神は、仏は、応えてくれない。

祈りは聞き入れられない。

神風は吹かない。

奇跡は起きない。

全ての努力が報われることもない。

降伏。

敗北。

けれど、人生は、歴史は、世界は、それで終わったりはしない。

あれほど望んだ原子爆弾は、それを造るよりさきに、落とされることになったのだった。

広島の街の上空から。

長崎の街の上空から。

原子爆弾が落下する。

ゆっくり目を開ける。

6時52分。

今日の日が没む。

クリーム色のカーテンが揺れている。

私はベッドに寝かされていて、左腕には点滴のチューブがつながれていた。

透明な液体がゆっくりと球体を形成し、それが重力により落下してゆく。

医師か看護師、あるいは見舞客かもしれない。女たちがお喋りしながら通り過ぎてゆく声が聞こえる。

それで結局、決勝どうなったの？

金メダル？

それとも銀メダルだった？

水泳だろうか、あるいは飛び込み、柔道、アーチェリーかもしれない。

オリンピックがもうはじまっていた。

私はその開会式さえ観ることがないまま眠っていたようだった。

けれど、私ははっきりと知っていた。

あの壮大なテロが、まぎれもなく成功したことを。

天井を見つめる。

そこには規則正しくパネルが並べられていた。

私はひとり微笑む。

実際には、顔は引き攣っていて、唇さえきちんと動きやしなかったけれど、私は微笑んでいた。

だって、簡単なこと。

5時29分45秒。

私が、私たちがぐるりと取り囲んだあの新国立競技場の円周を測ってみたらいい。

それは、ちょうどトリニティ実験の爆発で地面に穿たれた穴と同じ大きさなのだから。

爆発のあとに残された、あの巨大な穴。

高熱で砂の中のガラスが溶けて固まり蛍光グリーンに光り輝いていたあの穴だ。

ガラスはトリニタイトと名づけられたが、穴はそれから間もなく、埋められた。

けれど、私は、私たちは、その穴を、ここに出現させて、見せたのだから。

私は声をあげて笑い出す。

さあ、一緒に、穴を掘り返そうではないか。

けれど口から漏れたのは呻き声だけだった。

これが、目に見えざるものたちの、逆襲の皮切りとならんことを。

音が聞こえる。

地面が掘られる、
深く深く掘られてゆく音が。

過去が、闇の中に埋もれていたものたちが、目に見えなかったものが、いま、光に照らされるのだ。

ところで、それから私は、私たちはいったいどうなったかって？

U234は投降し、アメリカ、ニューハンプシャー州ポーツマスの港に到着する。ナチ・ドイツの軍服に身を包んだ男たちが、艦を降りてくる。

積荷にはガイガーカウンターが翳され、それをロバート・オッペンハイマーが調べていた、という証言だけが伝えられる。その後の行方は、だれも知らない。

それから二ヶ月が経とうとしていた1945年7月16日月曜日、午前5時29分、アメリカ、ニューメキシコ州、ホワイトサンズ実験場、トリニティでは、世界ではじめての原子爆弾ガジェットが光を放つ。

トリニティ。

その地が、なぜ、その名で呼ばれたのか、誰もそれをはっきりとは思い出せない。

それはインディアンたちも寄りつかない魔の山の名に由来しているだとか、原子爆弾がまさにちょうど三個——実験のためのガジェット、広島に投下されたリトルボーイ、長崎に投下されたファットマン——、完成されようとしていたからだとか。

マンハッタン計画を率いたロバート・オッペンハイマーも後年、それを思い出そうとするが、それをやっぱりはっきりとは思い出せない。

しかし確か、そう名づけた時、ジョン・ダンの詩が頭のなかにあった、とだけロバートは答える。

ひょっとしたら、あの積荷のウランは、広島に落とされた原子爆弾のコアに使われたのではないか、いや、アメリカは、そんなウランを使う必要などないほどすでにたくさんのウラン235を手に入れていた、そんな議論が繰り広げられた。
で、本当は、いったいどこへ行ってしまったのかって？
石に聞いてみたらいい。

ふたたびゆっくりと目を開けた時には、娘が不安そうに私を覗き込んでいた。
私の目の前には娘が着ているレース編みのベストが見えた。
その編み目は複雑に絡まり合って、うねるような模様を形づくっていた。
1、2、3、4、5
私は編み目を数える。
いま、その模様が伝えようとするものが、不思議議とはっきりわかるのだった。
私はまっすぐ見つめた。
この私の目の前にいる、ひとりの人間を。

三位一体

私の心を叩き割って下さい、三位一体の神よ。これまで、軽く打ち、息をかけ、照らして、私を直そうとされたが、今度は、起き上がり立っていられるように、私を倒して、力一杯、壊し、吹き飛ばし、焼いて、造りかえて下さい。

「聖なるソネット、神に捧げる瞑想」
ジョン・ダン

さいきん、外が明るくとも、これが朝なのか、夕なのか、太陽が、昇ろうとしているのか、それとも、沈もうとしているのかわからない。瞼をおしあげてみると、空はあたり一面、いまにも燃えあがりそうな色に染まっている。

何度か瞬きを繰り返す。

枕元へ目をやると、時計が見えた。

5:23

その数字を見ながら、私ははっきりと思い出す。

アメリカ製のウォーター・ボイラー原子炉。

茨城県東海村にあるそれが、科学者たちに見守られながら、初臨界を迎えた瞬間を。

原子の火が灯る。子どもたちのパレード。

そうしているうちに、数字は５：24に移り変わる。

口の中がひどく乾いて粘ついていた。

時計の隣に置かれているサーモス水筒へ手を伸ばそうとする。

しかし手が全く動かない。左手はだらりと垂れ下がったまま、動かないどころか感覚さえない。まるで私の手が私の手でなくなってしまったかのようだった。

それでも喉は酷く渇いていたので、なんとか動いた右手を伸ばす。

サーモス水筒はどうにか摑んだものの、蓋の開け方がわからない。あちこちを押すうち、勢いよくストローが飛び出した。

おそるおそる、ストローへ口をつける。思い切り吸い込む。その途端、水ではなくどろりとした液体が口の中へ流れ込んできて、噎せた。その拍子に液体は唇の端から溢れ、首を伝って、落下する。

胸元が濡れて粘ついた。

私はそれを拭おうと私の身体を見下ろし、ぎょっとする。

このコスプレみたいな格好はいったい何だ。

黒のシルクのパジャマの上下。へんな光沢まである。私はもっとこう、Ｔシャツだとか、そういうものを着ていたはずだった、と思うのだが、それが果たしてどんなTシャツだったのか、なにひとつ正確には思い出せないのだった。

あたりを見まわす。

窓の向こうには空しか見えない。

ここは、どこだ。わたしは、だれだ。

わたしは、それを忘れてしまったようだった。

随分長いこと眠っていたような気がする。

目覚めたのは、もうずっと前のことのようにも感じられた。

ベッドサイドに置かれた丸テーブルの上では、箱から飛び出した白いティッシュペーパーが冷房の風で揺れている。

広々とした部屋。白いフローリング。白い壁。

その壁には、一枚の小さな絵が掛けられている。

何の絵だっただろう。

私は目を凝らす。

手のひらほどの大きさの銀色の絵だ。

目を凝らしてみても、何も見えない。

ただの銀色だ。

とにかくあの絵へ触れればもっと何か思い出せそうな気持ちがする。右手に力をこめ、身体を捻る。ベッドから起き上がろうとする。手足をばたつかせているうちに、気づくと、私は床へ向かって落下していた。

その途中、摑まろうとした丸テーブルが倒れる。

プラスティックボックスが一緒になって崩れ落ちてくる。

額に切れるような痛みが走る。

やたらと白っぽい天井がゆっくり動いて見えた。

呻き声だけが口から出る。

私は横たわっていた。

生温かい感触があり頭に手をやると、指先にねっとりとした真っ赤なものが絡まりついた。私はひっと声をあげそうになる。

血。血だ。私は、わけがわからないまま、半身を起こし、額を拭う。しかし、拭っても拭っても、血が落ちてくる。私は必死で血を拭き取ろうと手を擦る。フローリングの床の上にまで血痕がのびて広がった。そうしながら、ゆっくりと顔を持ちあげる。

部屋の扉が開く。

ひとりの少女が立っていた。

年は十三、四歳くらいだろうか。黄金色の肌、濃い黒の瞳、縮れた髪。いったいどこの国の子どもだろう。少女は私を見ると、その瞳を大きく見開いた。

おばあちゃん、大丈夫?!

少女はそう叫びながら、私の方へ駆け寄ってくる。

部屋着と思しき、ぴたりとした白いタンクトップの胸元はまだ膨らみきっていなくて、しゃがむと引き締まった太ももが剝き出しになった。私は驚いて、横たわったまま後じさりした。

ただ、見れば少女の腹にはレース編みの腹巻きが巻かれている。私はその模様が伝えるものだけは、はっきりと理解できるのだった。

少女は扉の方を振り返るとぽってりとした唇をひらいて、大きく叫んだ。

はやくきて！

ママたち！

少女が私を見つめている。

おばあちゃん、もうすぐママたちがくるから、大丈夫だよ。

少女の背後にある窓の向こうでは、いままさに、太陽が昇ろうとしているようにも、沈もうとしているようにも見えた。

ところで、さっきから、おばあちゃん、おばあちゃんと、いうけれど、おばあちゃんとは、いったいだれだ。

私は、私の向こうにだれかいるのかと、後ろを振り返る。

おばあちゃん？

しかし、私の後ろには、だれもおらず、つまるところ、私が、おばあちゃん、と呼びかけられているらしい。

おばあちゃん！

私は、少女をまっすぐ、見つめた。

この子が、私の子、いや、孫だというのか。

私が、この子のおばあちゃんだとすれば、その父か母かのどちらかを、私が産んだということになるのだろうに。

この少女が？　まさか。

私は、目を細めてみる。

すみません、あなただれでしたっけ？

少女はけらけらと笑って、レース編みの腹巻きを指差した。

おばあちゃん、わたしよ、わたし。

おばあちゃんが、わたしの名前を忘れないように、ほら、ママたちが刺繍してくれたのよ。

そこには赤い糸でアルファベットが刺繍されている。

TRINITY
トリニティ
少女は、それから私に囁く。

ママたちが出会ったのは、あの年のことだったから。

わたしを、そう名づけたんだって。

私は、それを聞きながら、呟く。

ママとパパが、そう名づけてくれたの？

少女は、可笑しそうに真っ白な歯を見せ、けらけら笑って首を振る。

ううん。ママたちが。

少女は私の頭から滴り落ちる血をティッシュで拭う。

ママたち。

ママたち。

私は一緒にそう繰り返しながら、その少女がティッシュを握るのと反対の手に、目が釘付けになる。

そこには、石の塊があった。

少女の手のひらはいやに白くて、石は黒光りしていた。

少女が私のズボンの腰を摑み、私を抱き起こそうとする。

身体を半分起こすと、黒いパジャマの股の部分がべたりと濡れて色濃くなっているのが見えた。

これは何百個目の卵子なのだったっけ?

少女に縋るようにして立ち上がる。

レース編みの腹巻きに手が触れる。
1、2、3、4、5　　1、2、3、4、5
私はその目を数えながら、カウントダウンを遡る。

何度も何度も遡ろうとする。
1、2、3、4、5　　1、2、3、4、5
一本の糸は、編み目になり、編み目が模様をかたちづくってゆく。

けれどこの模様は、いったいどこから、間違ってしまっていたのかしら。
重い身体を引き摺るように動かす。
あたりがすっかり暗くなってきた。
電気をつけなくちゃ。
ヘイ、シリ！
私は機械に向かって呼びかけながら、闇に呑まれるようにして倒れ込む。
暗闇。

部屋の扉が開いては閉まる音が聞こえる。
大きな足音が続いて聞こえた。
どうやら、少女がママ、ママたちとよぶ人がやってきたらしい。
ひそひそと話す女たちの声。
ひとりの女が私の耳元で大きな声を出す。
ママ、大丈夫?!
ママ、というからには、これが私の娘の声なのか。
ママ！
もういちど別の女が、私をママと呼ぶ。私には娘がふたりも、いたのだったっけ？
ひとりが、小さく笑った。
ママって、いっつもこうなんだよね。

もうひとりの女もつられて笑った。
Anyway。
オリンピックなんて、またいつか、みればいいし。
女たちは私のまわりを慌ただしく駆けまわっている。
聖火リレーの通行止め、もうはじまってるのかな。でも救急車なら関係ないか。
足音が、遠ざかってゆく。
部屋がふたたび静まり返った。

私の耳元で少女の声が囁く。
きこえる?
私の右手の中には石があった。
ゆっくりと、耳へ押しあてる。
私ははっきりと答える。
きこえる。
きこえるよ。
ゆっくりと目を開けようとする。
いま、私は、かつてないほどにはっきりと、全ての記憶をどこまでも見わたせた。
空が真っ赤に燃えている。

P114 『新訳決定版　ファウスト』ゲーテ（池内紀訳　集英社文庫）
P116 環境庁福島第一原子力発電所環境評価書　平成7年～平成8年4月
P124 『チェルノブイリの祈り――未来の物語』スベトラーナ・アレクシエービッチ（松本妙子訳　岩波現代文庫）
P137 『四つのサイン（シャーロック・ホームズ全集2）』アーサー・コナン・ドイル（小林司・東山あかね訳　河出書房新社）
P140 『ヒロシマ〈増補版〉』ジョン・ハーシー（石川 欣一・谷本 清・明田川融訳　法政大学出版局）
P141ほか 記録映画「時よとまれ、君は美しい／ミュンヘンの17日」市川崑　ミロシュ・フォアマン他
P145 「紀元二千六百年　まつりと女」『銃後史ノート』復刊3号／通巻7号（女たちの現在を問う会）
P146 記録映画「オリンピア」（「民族の祭典」「美の祭典」）レニ・リーフェンシュタール
P146ほか "Olympia-Tokyo By Sven Hedin, JOURNAL OF OLYMPIC HISTORY 13 (MAY/JUNE 2005)"（The International Society of Olympic Historians）
P148ほか "THE XITH OLYMPIC GAMES BERLIN, 1936 OFFICIAL REPORT" ORGANISATIONSKOMITEE FÜR DIE XI. OLYMPIADE BERLIN 1936 E. V. (WILHELM LIMPERT, BERLIN, S.W.68)
P150ほか "Report of the Organizing Committee on its work for the XIIth Olympic Games of 1940 in Tokyo until the relinquishment"（The International Olympic Committee）
P150 『幻の東京オリンピック 1940年大会 招致から返上まで』橋本一夫（講談社学術文庫）
P193 『深海の使者』吉村昭（文春文庫）
P193 ドキュメンタリー映像「Uボートの遺書」NHK
P193ほか 『深海からの声―Uボート234号と友永英夫海軍技術中佐』富永孝子（新評論）
P197 『日本の原爆―その開発と挫折の道程』保阪正康（新潮社）
P197 『ペグマタイトの記憶：石川の希元素鉱物と「ニ号研究」のかかわり』福島県石川町立歴史民俗資料館
P204 「聖なるソネット（神に捧げる瞑想）14」『対訳　ジョン・ダン詩集　イギリス詩人選〈2〉』ジョン・ダン（湯浅信之編訳　岩波書店）

『「フクシマ」論　原子力ムラはなぜ生まれたのか』開沼博　青土社
『ヒロシマとフクシマのあいだ―ジェンダーの視点から』加納実紀代（インパクト出版会）
『科学者と魔法使いの弟子 ―科学と非科学の境界―』中尾麻伊香（青土社）
『リーゼ・マイトナー―嵐の時代を生き抜いた女性科学者』R.L.サイム（米沢富美子監修、鈴木淑美訳　シュプリンガーフェアラーク東京）
『オットー・ハーン―科学者の義務と責任とは』K. ホフマン（山崎正勝・栗原岳史・小長谷大介訳　シュプリンガージャパン）

JASRAC　出　1909361-901

引用・参考文献

P5　“An Atomic Love Story: The Extraordinary Women in Robert Oppenheimer's Life” Shirley Streshinsky , Patricia Klaus (Turner Publishing Company)

P7ほか　“Under the Cloud: The Decades of Nuclear Testing” Richard L. Miller (Free Press)

P10　「聖なるソネット(神に捧げる瞑想) 14」『対訳　ジョン・ダン詩集　イギリス詩人選〈2〉』ジョン・ダン (湯浅信之・編訳　岩波書店)

P15　『ゲーテ地質学論集・鉱物篇』ゲーテ (木村直司編訳　筑摩書房)

P41　『アインシュタイン その生涯と宇宙　上下』ウォルター・アイザックソン (二間瀬敏史監訳、関宗蔵・松田卓也・松浦俊輔訳　武田ランダムハウスジャパン)

P48　「聖なるソネット(神に捧げる瞑想) 10」『対訳　ジョン・ダン詩集　イギリス詩人選〈2〉」ジョン・ダン (湯浅信之編訳　岩波書店)

P63　『第五福竜丸は航海中：ビキニ水爆被災事件と被ばく漁船60年の記録』第五福竜丸平和協会編 (第五福竜丸平和協会)

P63ほか　“Uranium: War, Energy, and the Rock That Shaped the World” Tom Zoellner (Penguin Books)

P65ほか　ドキュメンタリー「ラジウム・シティ 文字盤と放射線・知らされなかった少女たち」監督・プロデューサー　キャロル・ランガー (配給　boid)

P65ほか　“Radium Girls: Women and Industrial Health Reform, 1910-1935” Claudia Clark (The University of North Carolina Press)

P70　『ゲーテさんこんばんは』池内紀 (集英社文庫)

P76ほか　『オッペンハイマー「原爆の父」と呼ばれた男の栄光と悲劇』カイ・バード／ マーティン・シャーウィン (河邉俊彦訳　PHP研究所)

P76ほか　『千の太陽よりも明るく―原爆を造った科学者たち』ロベルト・ユンク (菊盛英夫訳　平凡社)

P84　『アウシュヴィッツは終わらない―あるイタリア人生存者の考察』プリーモ・レーヴィ (竹山博英訳　朝日選書)

P94　『福島第一原発廃炉図鑑』開沼博 (太田出版)

P94　福島第一原子力発電所ライブカメラ　http://www.tepco.co.jp/nu/f1-np/camera/

P99　「旧エネルギー館(福島県双葉郡富岡町)」「東京電力廃炉資料館」の概要　http://www.tepco.co.jp/press/release/2018/pdf2/180727j0301.pdf

P102,106　『キュリー夫人伝』エーヴ・キュリー (河野万里子訳　白水社)

P102　『マリー・キュリー―フラスコの中の闇と光』バーバラ・ゴールドスミス (小川真理子監修　竹内喜訳　WAVE出版)

P102　『マリー・キュリーの挑戦 ―科学・ジェンダー・戦争』川島慶子 (トランスビュー)

P104　“Journal of the Czech Geological Society　History of the Jáchymov (Joachimsthal) ore district Historie jáchymovského rudního revíru“ FRANTIŠEK VESELOVSKÝ, PETR ONDRUŠ, JIŘÍ KOMÍNEK (Czech Geological Society)

P108　『核の誘惑: 戦前日本の科学文化と「原子力ユートピア」の出現』中尾麻伊香 (勁草書房)

初出　「すばる」2019年４月号

単行本化にあたり、加筆・修正を行いました。

カバー写真

「わたしのトーチ」
小林エリカ、2019
Cプリント　各54.9×36.7cm（47点組）
撮影：野川かさね
協力：国立新美術館
Courtesy of Yutaka Kikutake Gallery

化粧扉写真

「わたしの手の中のプロメテウスの火」
小林エリカ、2019　ビデオ
撮影：西村亜希子、高梨洋一
協力：国立新美術館
Courtesy of Yutaka Kikutake Gallery

Thanks to：kvina、米田尚輝

装丁：川名潤

小林エリカ
（こばやし・えりか）

1978年東京生まれ。作家・マンガ家。
2014年『マダム・キュリーと朝食を』で、
第27回三島由紀夫賞・第151回芥川龍之介賞にノミネート。
その他の著書に『親愛なるキティーたちへ』
『彼女は鏡の中を覗きこむ』『光の子ども』（１巻〜３巻）など。

トリニティ、トリニティ、トリニティ

2019年10月30日　第1刷発行

著者　小林《こばやし》エリカ

発行者　徳永 真

発行所　株式会社集英社
〒101－8050
東京都千代田区一ツ橋2－5－10
電話　03－3230－6100（編集部）
03－3230－6080（読者係）
03－3230－6393（販売部）書店専用

印刷所　大日本印刷株式会社
製本所　加藤製本株式会社

定価はカバーに表示してあります。

ISBN978-4-08-771682-5　C0093

ふくだももこ
おいしい家族

母の３回忌、実家である都内の離島に帰省した橙花。故郷に暮らす弟の翠はスリランカ人女性と結婚し、間もなく子が生まれる予定。実家に着いた橙花を出迎えたのは、母のワンピースを着た父だった！　夕食の席には見知らぬ中年男・和生と、その娘で生意気な女子高生・ダリアが現れる。そして父は宣言した。「父さんな、あたらしい家族の母さんになろうと思う」。性別、血縁、国籍、あらゆる壁を超えた家族の誕生を描くユートピア小説。

青山七恵
私の家

恋人と別れて突然実家に帰ってきた梓。年の離れたシングルマザーに親身になる母・祥子。孤独を愛しながらも３人の崇拝者に生活を乱される大叔母・道世。幼少期を思い出させる他人の家に足繁く通う父・滋彦。何年も音信不通だった伯父・博和。そんな一族が集った祖母の法要の日。赤の他人のようにすれ違いながらも、同じ家に暮らした記憶と小さな秘密に結び合わされて――。３代にわたって描かれる「家と私」の物語。

タン・フランス
僕は僕のままで

５人のゲイが依頼人の人生を変える、エミー賞３冠を獲得したNetflixの世界的人気リアリティ・ショー『クィア・アイ』。その出演者〈ファブ５〉のひとり、ファッション担当のタン・フランスがはじめて語る自分の人生。パキスタン系英国人家庭で育った過去と今、差別と多様性、自分らしさを貫く生き方とは。軽妙なブリティッシュジョークに満ちた、愛すべきエピソードの数々。アメリカ＆イギリスでベストセラー！　（安達眞弓訳）

彼女は鏡の中を覗きこむ

祖母が遺した宝石を身に着けると、孫娘は、祖母の過去の体験を夢に見る――「宝石」、紙の本がなくなった未来とは？――「燃える本の話」、原子力の歴史と、ひとりの女性の個人史が交わる「SUNRISE　日出ずる」、時空を超えて娘の体験と母の記憶が重なりあう「シー」、遥かな時間軸で描かれる、全４作の小説集。